# Leyes Inmutables Sobre Prosperidad

Alicia G Corrales

Order this book online at www.trafford.com
or email orders@trafford.com

Most Trafford titles are also available at major online book retailers.

Note for Librarians: A cataloguing record for this book is available from Library
and Archives Canada at www.collectionscanada.ca/amicus/index-e.html

Printed in Victoria, BC, Canada.

ISBN: 978-1-4251-8287-8 (sc)

ISBN: 978-1-4251-8288-5 (e-book)

*We at Trafford believe that it is the responsibility of us all, as both individuals
and corporations, to make choices that are environmentally and socially sound.
You, in turn, are supporting this responsible conduct each time you purchase
a Trafford book, or make use of our publishing services. To find out how you
are helping, please visit www.trafford.com/responsiblepublishing.html*

*Our mission is to efficiently provide the world's finest, most comprehensive book publishing
service, enabling every author to experience success. To find out how to publish your
book, your way, and have it available worldwide, visit us online at www.trafford.com*

*Trafford rev. 6/9/2009*

 www.trafford.com

**North America & international**
toll-free: 1 888 232 4444 (USA & Canada)
phone: 250 383 6864 ♦ fax: 250 383 6804 ♦ email: info@trafford.com

**The United Kingdom & Europe**
phone: +44 (0)1865 487 395 ♦ local rate: 0845 230 9601
facsimile: +44 (0)1865 481 507 ♦ email: info.uk@trafford.com

# _Reconocimiento._

Deseo dar un reconocimiento especial al Joven y talentoso escritor Jaime E. Esteva por su apoyo en el diseño de "Herencia Eterna" y "Leyes Inmutables Sobre Prosperidad" es para mi un verdadero honor compartir mi trabajo contigo, gracias.

Alicia G. Corrales.

# Prólogo

Por Jaime E Esteva.

Quiero escribir un libro esto pensé. Entonces dentro de mí había una pregunta deseando encontrar respuesta. Como empezar a escribir no tengo ni la menor idea de cómo hacerlo. Me metí en oración en el espíritu pude percibir un nombre…Alicia… escuche una voz…Alicia se repitió sentí una alegría y paz al recibir la respuesta del Espíritu Santo; al contactar a mi hermana en Cristo. Alicia G Corrales.

Fui y hablé con ella estoy escribiendo una novela para el creyente y quisiera que usted me guiara en el proceso de la publicación le comenté, ella aceptó. Pasó un corto tiempo y un día me pidió que le ayudara a pasar unos escritos en la computadora, me sentí muy gozoso porque sabía que era el comienzo del largo aprendizaje para adquirir la sabiduría necesaria y poder mas adelante publicar mis propios libros. Jamás imaginé que detrás de la publicación un libro hubiera tanto trabajo, pero al colaborar en el diseño de las portadas de estos dos libros "Herencia Eterna" y "Leyes Inmutables Sobre Prosperidad "aprendí bastante ; gracias a esta experiencia estoy un paso mas cerca de concebir mi primer libro ……

Agradecimiento.

A mi Padre Dios.

Que frágil y delicada es la mente del hombre al querer guiarse por su propia prudencia y no hacer caso a tu Palabra y como está separado de ti Padre.

Porque Tú en tu grandeza nos muestras el camino a seguir y nos dices: Adquiere sabiduría, ante todo adquiere conocimiento para que prosperes en todo lo que hagas y emprendas.

Salmo 19 verso 14.

Sean gratos ante ti los dichos de mi boca y la meditación de mi corazón Señor Dios mío, mi roca y mi baluarte Gracias Padre. Alicia G Corrales.

Dedicatorias.

A la memoria de mis padres:

Cornelio y Hortensia Corrales.

A mis hijos: Fausto Orlando, Karina y Diana Arelí.

A mis nietos Tony, Jesús, Alán, Desteny, Esmeralda,

Andrés y Alexa.

A mis hermanos y sobrinos.

A ti que pongas por obra estas enseñanzas y puedas lograr el éxito en tu vida.

A mi esposo Manuel González, con amor por su apoyo.


Una dedicatoria muy especial para mi Pastor y Maestro Ignacio Hughes y familia. Gracias a sus enseñanzas aprendí a diferenciar lo que es tradición, de lo que es la verdadera relación con Dios.

Lo que son mandatos de hombre, y lo que es la verdadera ley divina, lo que son enseñanzas de hombres y lo que Dios Padre nos muestra en su infinita soberanía, lo que es religión y denominación, de lo que es Palabra de Dios.

Alicia G Corrales.

# ÍNDICE

# Prólogo.

En cierta ocasión platicando con mi padre sobre la Biblia, me comentó que para el; esta era la historia mas fascinante de todos los tiempos porque en ella estaban escritas todas las historias de la humanidad de principio a fin, pasando etapas evolutivas por demás interesantes. Y en esto estuvimos de acuerdo...pero quiero complementar lo que mi padre dijo en esta anécdota, con mi propia opinión ahora que conozco con más revelación la Palabra de Dios. Yo llamaría a la Biblia:

## "El Manual de Prosperidad del Hombre Sabio.

Porque en ella se encuentran las leyes inmutables y son para todo aquel que cree y pone por obra estas enseñanzas para poder triunfar tanto en el terreno financiero, como en el espiritual debemos aplicar los principios fundamentales ordenados como leyes divinas dejando que estos principios nos lleven mas allá de toda dificultad o duda que quisiera opacarlos. A través de la Biblia usted aprenderá a conocer y confiar en la sabiduría de Dios liberando el poder natural que traerá a su vida el producto de su siembra y su cosecha actuando en dicho poder. En el terreno espiritual existen dos principios bíblicos para activar las leyes de prosperidad y son estos:

- Dar al Padre el primer lugar pagando la parte que le corresponde de nuestro pacto con El a través del diezmo.

- Ofrendar con generosidad de la parte que nos corresponde a nosotros, para que así podamos mover la mano de Dios a favor nuestro como dice en :

  Lucas 6 v 38.

Dad y se os dará, medida buena, apretada y remecida darán en vuestro regazo; porque con la misma medida que mides te volverán a medir.

La Palabra de Dios aquí nos esta diciendo que conforme tu trates y des a otros así mismo serás tratado tu por las demás personas con las que vivas y te relaciones. El Señor Jesús lo dijo claramente, da a tus semejantes lo que desees recibir de ellos. El mismo Padre celestial nos regaló a su Hijo Jesús como semilla incorruptible para sembrar en nosotros semilla divina, ya que por la caída de Adán éramos unos muertos espirituales o más bien para que entiendas estábamos separados de Dios espiritualmente hablando. Cierto día el Espíritu de Dios me despertó, de madrugada para hablar conmigo y me hizo esta pregunta acerca de la situación que estaba viviendo dentro de mi matrimonio: ¿Qué tanto estás tú dispuesta a dar?. Y prosiguió te fijaste en este versículo que dice medida buena apretada y remecida te será dado en tu regazo, porque con la misma medida que tu midas serás medida; la ley de dar y recibir no cambia, lo que cambia es lo que tu estés dispuesto a dar, y como lo des. No cabe duda que la Palabra de Dios nos azota y nos disciplina, hasta transformar y conformar nuestros pensamientos al pensamiento de Cristo, y si obedecemos vencemos sobre toda circunstancia en Cristo Jesús.

# Leyes Inmutables Sobre Prosperidad.

La prosperidad del mundo depende de la prosperidad económica de cada individuo tanto como de sus capacidades y talentos; de igual forma de su modo de vida, sabiduría y entendimiento para aprender a conocer y poner por obra las leyes que Dios dejo establecidas para que podamos lograr alcanzar la clase de vida que tiene para sus hijos. Dios en su infinita soberanía dejo establecidas leyes, que rigen los destinos en los hombres, siempre y cuando el hombre decida creer a Dios y poner por obra todas las leyes y enseñanza que nos fueron dadas. Pero también te deja la libertad sobre tu propia vida. Por tanto la obligación, la decisión de prosperar y construir es únicamente tuya. Se te dio un poder para que lo utilices a voluntad por tanto eres tu y no Dios el responsable de tu destino; decides tu si prosperas o no en tus manos esta el poder que marcará la ruta hacia tu total realización, tu mediocridad, o tu destrucción, mi objetivo es ayudarte a encontrar tu éxito financiero proporcionándote reglas básicas apegadas a la ley de Dios; el poder de transformación y transmutación esta dentro de cada individuo. Con el abrir de tu conciencia al conocimiento divino encuentras la manera de transformar: lo feo en bonito, lo malo, en bueno, lo limitado en ilimitado, la enfermedad en salud, la carencia en abundancia. Dios depositó dentro de cada ser un manantial de sabiduría y entendimiento, pero a nosotros corresponde aprender a utilizar esa sabiduría que transformará tu mundo el que otros te crearon en TU MUNDO El QUE TU libremente desees escoger rigiéndote por las leyes eternas y logrando tu pleno desarrollo en el cumplimiento de las mismas.

Pero todo triunfo exige un esfuerzo; el Padre nos lo dice a través de su Palabra como nos daremos cuenta en los siguientes versículos.

# Capitulo # 1

## *Pacto con Dios.*

📖

No se Aparte de tu boca este libro de la ley,
de día y de noche meditaras en el, para hacer  todo
lo que en el esta escrito, entonces harás prosperar tu
Camino y todo te saldrá bien.

# Pacto Con Dios.

1 de Reyes 2-2 y 3.

**E**sfuérzate guarda los preceptos de Jehová tu Dios andando en sus caminos y observando sus estatutos y mandamientos, sus decretos y sus testimonios, para que prosperes en todo lo que hagas y en todo aquello que emprendas.

Antes que nada déjame recordarte que esta ley es pacto entre Dios y el hombre, y si el hombre falta a su ley es el hombre el que quebranta el pacto y no Dios. La escritura anterior nos dice: claramente esfuérzate guarda los preceptos andando en sus caminos para que prosperes en todo lo que hagas.

Quiero enfatizar estas palabras : **esfuérzate, guarda, anda y has,**lo que es lo mismo que decirte pon estas palabras en practica, aplícalas a tu vida diaria; después que hagas todo lo que Yo tu Dios te he ordenado, solo entonces vas a comenzar a prosperar.

Porque estas palabras son claves en el camino hacia tu mejoramiento personal en todos los aspectos a tratar; son mandatos claros y directos para que logres el triunfo sobre todo aquello que emprendas, solo obedece a mis palabras porque yo tu Dios no te puedo mentir, tus ideas, sentimientos pensamientos son solo cosas de hombre pero mis leyes son seguras y eternas por eso obedece mis mandatos.

Números 23 v 19 dice

**D**ios no es hombre para que mienta, ni hijo de hombre para que se arrepienta, si el lo dijo lo cumplirá, porque es un Dios de pactos y no muda lo que ha salido de sus labios.

Es a ti y a mí a quienes corresponde esforzarnos para conocer tanto los mandatos como las promesas que nos tiene preparados en su libro de la ley.

Solo escudriñando las Escrituras podremos entender con revelación y alcanzar todas sus promesas. Antes que yo me esforzara en estudiar las Sagradas Escrituras, me parecía que Dios era muy injusto tal y como muchos lo piensan ; hablaba así porque mi ignorancia a cerca de la Palabra de Dios no me permitía mirar una verdad que estaba oculta a mi espíritu ; después de conocer la verdad !nunca mas volveré a pensar eso de mi Padre Dios ¡.

Es natural que pensara de esta manera porque la misma Palabra nos dice que el hombre natural no puede ver las cosas del espíritu porque esta separado de su fuente espiritual la cual es Dios, por eso satanás nubla tu entendimiento y te hace creer cuando no conoces el plan y el propósito que Dios tiene en tu vida y piensas que es la voluntad de Dios que te pase todo lo que te pasa cuando el único responsable de todo esto eres tu, yo me doy cuanta ahora y deseo ayudarte a entender las verdades que permanecen ocultas para muchas personas.

Precisamente por andar en la carne, para que entiendas mejor

( que te dejas guiar por los deseo de la carne y los pensamientos antes que por lo que Dios desea para ti )es que eres un esclavo de tus pasiones antes que obedecer lo que Dios demanda de ti para llevarte a recibir toda la bendición,  y dejas que satanás domine sobre ti y le permites que controle todas tus acciones, pensamientos deseos y permites que ponga una venda en tus ojos espirituales que te impiden mirar la verdad que Dios Padre tiene para ti.

Dice la Palabra de Dios en:

Juan 10-10.

El ladrón  no viene sino para hurtar, matar y destruir ; yo he venido para que tengas vida y la tengas en abundancia.

Siempre que yo comparto este versículo con alguna persona les digo "**fíjate bien lo que dice el Señor Jesús de nosotros** ".

Yo he venido a darte vida en abundancia y no a darte vida en la ambulancia, recuerda que mi Señor Jesús pago un precio muy caro por ti y por mi para que tengamos salud, prosperidad y larga vida aquí en la tierra, el plan de Dios fue y es que aquí en la tierra nosotros vivamos como reyes, lo dice en su palabra que a dado a los hombres la tierra y su plenitud, a nosotros por ignorantes nos hicieron creer que al morir nos iríamos al cielo por una eternidad, si tu también piensas de la misma manera que pensaba yo antes déjame ayudarte a salir de ese error, medita sobre este versículo junto conmigo.

Dice así: el ladrón, sabes quien es el ladrón? satanás, el dominador de este mundo, el que roba mata, destruye todo lo bueno que mi Padre Dios tiene para ti, pero eso pasa por una razón poderosa **"tu permites eso "**.

Te preguntarás porque te digo que tu permites esto; porque el hombre ignorante de las leyes de Dios, **no esta capacitado,** por su misma ignorancia para utilizar el poder que como hijos de Dios poseemos.

Y entiende bien esto que te digo tú como hijo de Dios nacido de nuevo ! No!...tu como hombre carnal que cree que Dios existe y que porque crees que Dios existe tienes derecho a contarte como un hijo de Dios, la mayor parte de la humanidad ha sido atada, condenada y maltratada por satanás debido a su ignorancia, y pereza espiritual, al creer torpemente que creer que Dios existe, y que es Dios esto los hace hijos del Padre, esto no es así.

Permíteme decirte algo que cuando a mi se me instruyó a cerca de esto por poco y me desmayo de la impresión.

**¡Dios no Existe ¡! Dios Es! Nosotros estamos expuestos a un período de tiempo Dios no tiene tiempo ni espacio simplemente las cosas creadas existen Dios Es.**

El mismo demonio sabe que hay un Dios y tiembla lo importante para ti y para mi es creerle a Dios y poner por obra su Palabra para que podamos gozar de su protección y nos valla bien en esta tierra antes de irnos a pasar una temporada al cielo. Su Palabra nos dice: ¡Cuánto mas reinaremos como reyes aquí en la tierra¡ el plan de Dios es que aprendamos a dominar sobre toda circunstancia aquí en la tierra,la tierra fue diseñada por Dios para que el hombre habite en ella,no para que se muera joven y derrotado y llegue al cielo sin haber aprendido a dominar sobre sus circunstancias, sino para ayudar al Señor Jesús a regir con vara de hierro a las naciones.

Jeremías 1 v 10 dice:

Mira ¡ hoy ! te doy autoridad sobre naciones y reinos. Para arrancar y derribar.

Para destruir y demoler.

Para construir y edificar.

Para sembrar y para cosechar.

Yo al igual que Jeremías aprendí que a pesar de que seguimos cometiendo errores el plan de Dios no cambia, Dios nos aprueba a nosotros como instrumentos a su servicio, pero no está de acuerdo con las malas acciones que nosotros cometemos al salirnos de su cobertura y es por eso que nos deja las instrucciones precisas para lograr el triunfo. Si no ejercitas tu fe no puedes saber el nivel en el que te encuentras y si no presentas una batalla no puedes decir que estás en victoria, solo después de luchar y mantenerte firme sobre tus pies puedes decir he ganado.

Josué 1 v 8.

no se aparte de tu boca este libro de la ley, de día y de noche meditarás en el, para que guardes y hagas conforme a todo lo que en el está escrito, porque entonces harás prosperat tu camino.

Te fijaste que dice que entonces tu harás prosperar tu camino, Por esta razón tenemos que conocer y seguir al pie de la letra cada mandato, para aplicarlo en cada situación que se presente en el aprendizaje hacia el plan que hay para cada uno y salir mas que vencedores al ser llevados del dominio de satanás a la libertad de hijos de Dios.

Salmo 81 v10 nos dice:

YO Soy el Señor tu Dios que te saque de tierra de esclavitud, abre bien la boca y te la llenaré.

Pero…**mi pueblo no quiso hacerme caso, por eso los abandoné a su obstinada voluntad** para qué actuaran como mejor les pareciera. **¡Hay si mi pueblo se humillara y quisiera andar por mis caminos ¡** cuan pronto sometería Yo a sus enemigos y a ellos alimentaría con lo mejor del trigo, con miel de la peña los saciaría. La Palabra hablada es tu principal arma para defenderte de satanás por eso es importante declarar la Palabra de Dios, diariamente hasta que sea manifestada en tu vida.

Recuerda como Jesús derrotó a satanás cada vez que se le acercó para tentarlo antes de nuestra redención Jesús respondió siempre con la Palabra de Dios y salió victorioso y logro cumplir el plan para lo cual fue mandado.

## "Establecer nuevamente el reino de Dios aquí en la tierra

Establecer de nuevo el reino o dominio que el hombre en Adán había entregado en manos de satanás, Jesús nos trajo las buenas nuevas ;el reino de los cielos que ya a

llegado a tu vida, solo acepta obedecer y seguir cada ley de mi reino y tendrás victoria sobre satanás y sus dominadores que quisieron engañarte que era mi voluntad que tu sufrieras, te enfermaras vivieras en pobreza,Yo mande a mi hijo Jesús a enseñarte el camino hacia mi reino y si lo sigues conocerás la verdad que te hará libre. (Dice Jehová de los Ejércitos).

El dominio del diablo sobre las personas es un reinado de muerte, destrucción y pecado. No da vacaciones a nadie y es un poderío y esclavitud que tu por ignorar lo que Dios dice en su Palabra para ti, **permites esa esclavitud en tu vida.La Palabra de Dios es pacto entre el hombre y Dios,** cuando tu por decisión propia sigues el camino correcto tienes una protección ; pero si tu utilizando tu libertad de albedrío te desvías de su camino, tu mismo estás dejando al demonio poder sobre ti ; caes en la esclavitud del pecado, en cambio si te apoyas en las promesas del Padre estas bajo protección y bendición. Entonces estarás mas capacitado para prosperar y tendrás la seguridad que todo lo que emprendas te saldrá bien.

En Deuteronomio 30 v 11 dice así:

Porque este mandamiento que yo te ordeno hoy, no es demasiado difícil para ti ni está lejos. No esta en el cielo, para que digas quien subirá por nosotros al cielo y nos lo traerá y nos lo hará oír para que lo cumplamos. Ni esta al otro lado del mar para que digas quien pasará por nosotros el mar, para que nos traiga y nos haga oír a fin de que lo cumplamos. Porque muy cerca de ti esta la Palabra, en tu boca y en tu corazón, en tu boca para que la confieses y en tu corazón para que la creas y la cumplas. Mira que yo he puesto la vida y el bien, la muerte y el mal delante de ti para que escojas, porque Yo te mando hoy que ames a Jehová tu Dios, que andes en sus caminos y guardes sus mandamientos, sus estatutos y sus decretos, para que vivas y seas multiplicado, y para que Jehová te bendiga en la tierra que tienes por herencia. Porque muy cerca de ti esta la Palabra, la puse tan cerca de ti que solo tienes que hablar para que lo que pidas te sea manifestado. Pero recuerda que de la abundancia del corazón la boca habla, y todo lo que digas, conforme lo digas y lo creas te será hecho (cuida cada palabra que pronuncies porque como las digas serán manifestadas en tu vida). Esta ley no cambia por decir palabras positivas o por decir palabras negativas el resultado tu lo escoges y decides si es bueno o malo, si siembras vientos cosechas tempestades.

Juan 10 v 11.

Yo soy el buen Pastor, el buen pastor da su vida por las ovejas, no así el asalariado, que no es pastor ni las ovejas son suyas. Cuando ve venir al lobo, huye abandonando las ovejas y el lobo las agarra y las dispersa ; a el solo le interesa su salario y no le importan nada las ovejas. Jesús es el buen pastor, que ya dio su vida por nosotros para que  no tengamos falta de ningún bien comenzando a disfrutarlo aquí en la tierra, como miembros del cuerpo de Cristo ; somos nosotros mismos los que llevaremos a cabo el mensaje de verdad a todos nuestros hermanos y no nos dejaremos engañar por cualquiera que nos predique, sino que en todo esto debes tener tus ojos bien abiertos y tu capacidad de entendimiento muy atenta para reconocer que no todo el que habla de Dios, dice y hace valer la ley. Que hay quien utiliza a Dios como tarima para engañar a las personas y vivir de tu buena voluntad. Recuerda donde Dios esta, hay libertad. Recuerda que para seguir a Dios es necesario tener nuestra fe puesta firmemente en su Palabra, para activar esa fe, tenemos que conocer y estudiar nosotros mismos la Palabra.

## *Adquiere Conocimiento.*

Es obligación de cada creyente conocer  crecer y madurar por si mismo en el cuerpo de Cristo ; para lograr hacer las obras que como hijos de Dios estamos llamados a realizar aquí en la tierra, para que sean salvados, sanados, rescatados, liberados y prosperados todos os que van a integrar el enorme cuerpo de Cristo.

📖

*Sabiduría y ciencia te son dadas*

*También te daré riquezas bienes y honra.*

# Adquiere Conocimiento.

El mundo entero sabe que hay un Dios, pero saber que Dios Es Dios no te salva. Te es necesario no nada mas creer que hay un Dios, sino creerle a Dios y saber como acercarte a El y agradarle; tienes primero que conocerlo, por tanto otra regla importante para mi prosperidad es : **conocimiento.**

Fe y conocimiento van de la mano, y tienen que ir de la mano porque es indispensable para conocer el plan que Dios tiene para mi.

En Isaías 48 v 17 nos dice:

Yo soy Jehová tu Dios que te enseña provechosamente, que te encamina por el camino que debes seguir.

2 de Crónicas 1v 12.

Sabiduría y ciencia te son dadas ; también te daré riquezas bienes y honra.

2 A Corintios 9 v 11.

Para que estés enriquecido en todo, para toda liberalidad.

Quiero explicarte porqué en:

Isaías 48 v 17.dice así.

Yo soy Jehová tu Dios, que te enseña provechosamente, que te encamina por el camino que debes de seguir, también sabiduría y ciencia te son dadas para que estés enriquecido en todo.

Ponte a pensar que Dios Padre nos dio una enorme provisión de todo lo que pudiera hacernos falta para prosperar, y que tu por ignorancia y pereza espiritual no te habías propuesto alcanzar; te da: sabiduría, ciencia, te traza un camino y se toma la molestia de instruirte provechosamente en seguir sus mandatos **y tu rechazas todo lo que te da, y sigues pensando que es la voluntad de Dios todo lo que te pase.**

Te atreves a pensar igual que antes o estas verdades te están abriendo los ojos a la libertad de escoger lo que desees tener, entendiste que es una mentira del diablo para que no conocieras el plan que mi Padre Dios tiene preparado para todos sus hijos. Porque estas promesas del Padre son solo para sus hijos, pero no todos los que nos creemos o nos llamamos hijos de Dios lo somos, el mundo entero es una creación de Dios, hijo es aquel que recibe a Jesús como su Señor y salvador y decide vivir bajo la ley de Dios en total obediencia. Para formar parte de la familia de hijos de Dios, hay que confesar con tu boca (decir, no pensar) que Jesús es el Señor de tu vida y rendir el total de tus acciones de este día en adelante para que seas transformado por el poder de su Palabra actuando en ti.

Juan 1 v 12 dice:

Pero **a todos los que lo recibieron** les dio la **capacidad** para ser hijos de Dios. Al creer en su Nombre han nacido de nuevo, no de sangre alguna, ni por voluntad de hombre sino que han nacido de Dios.

Todo el que confiese con su boca que Jesús es el Señor de su vida, será salvo por gracia y no por merecimiento propio. Dios Padre dejo leyes establecidas que fueron violadas por el primer hombre –Adán– y restablecidas en Jesús, el Cristo, para salvación del género humano.

Al faltar a la ley que Dios había establecido sobre la tierra, Adán entregó el poderío que fue depositado en sus manos al diablo, quedando toda su descendencia presa hasta la venida de Cristo, el cual con su triunfo sobre la muerte y el pecado delegó nuevamente el poder de Dios sobre todo aquel que acepte que Jesús es el Rey de reyes y Señor de señores, los cuales somos todos los hijos de Dios que nos sometemos voluntariamente a vivir bajo el reinado de Jesús. Adán perdió potestad y la pasó a manos de satanás dejándole todo el poder y el dominio. Cayendo toda la humanidad en pecado, enfermedad pobreza y muerte espiritual, que esto ocasionó la separación espiritual de Dios y atrajo la muerte física al hombre.

El verdadero plan de Dios al crear al ser humano a su imagen y semejanza, era hacerlo inmortal, heredero de todas las bendiciones para que el hombre cumpliera el plan y el propósito del Padre en el.

Con la desobediencia viene la caída y la esclavitud, las ataduras y la mentira que nos cierra la celda donde somos confinados a vivir presos de falsas creencias que nos han mantenido por muchas generaciones en maldición. Una de estas es: Dios te quiere pobre e ignorante, porque Jesús fue muy "pobrecito" y estas en pecado si tu deseas superarte y ser rico.

Escudriña la vida de Jesús por ti mismo en la fuente de sabiduría que es la Biblia y te darás cuenta que fuiste engañado por no moverte a buscar tu verdad, ya sea por comodidad pereza o ignorancia pero dejaste que otros pensaran y te enseñaran con mentiras algo que era importante para ti.

"Es **Responsabilidad tuya saber cuales promesas y que herencia es de tu pertenencia** ". (busca tu verdad en la Biblia).

Lucas 2 v 1al 7.

Jesús nació en un pesebre no por pobre, sino porque en el momento de los días de su nacimiento, se encontraban sus padres en camino para ser contados en un censo decretado por el emperador Augusto, para ser registrados cada uno en su ciudad natal.

Piensa un poco que si Dios Padre dejó establecidas leyes desde el principio del mundo para los que no eran sus hijos, sino sus siervos con cuanta más razón protegería a su único hijo. Jesús en esos momentos era el único que podía llamarse hijo de Dios aquí en la tierra, el resto eran siervos y aun así estaban bendecidos por su obediencia y temor a Dios.

Deuteronomio 28-1.

Acontecerá que si oyeres atentamente la voz de Jehová tu Dios, para guardar y poner por obra todos los mandamientos que yo te prescribo hoy, también el Señor tu Dios te exaltará sobre todas las naciones de la tierra, y vendrán sobre ti estas bendiciones y te alcanzarán, **si oyeres y le sirvieres,** bendito serás tu en la ciudad, bendito en le campo, bendito el fruto de tu vientre, el fruto de tu tierra, el fruto de tus bestias, la cría de de tus bacas y los rebaños de tus ovejas.

Bendita tu canasta y tu artesa de amasar, bendito tu entrar y bendito tu salir. Jehová derrotará a tus enemigos que se levanten contra ti, por un camino saldrán contra ti y por siete caminos huirán delante de ti. Jehová te enviará su bendición sobre tus graneros, y sobre todo aquello en que pusieres tu mano; y te bendecirá en la tierra que te ha dado ya por herencia, te confirmará por pueblo santo suyo como te lo ha jurado **cuando guardares los mandamientos y anduvieres por sus caminos.**

Te invito a que te hagas esta pregunta y reflexiona en ella.

¿Andaba el Señor Jesús obedeciendo todas las leyes del Padre aquí en la tierra. Claro que las obedeció como nadie mas, de no ser así, nosotros no estaríamos gozando ahorita de todas estas bendiciones que Cristo Jesús logró rescatar para que todo aquel que las crea tenga vida eterna en Él. ¡Vida en abundancia! No en carencias, enfermedades y muerte espiritual. Hay un punto muy importante que quiero recalcar aquí y es este: **todo aquel que crea y ponga por obra estos mandatos.** Te preguntarás entonces porque el mundo después de dos mil años sigue en el estado en que se encuentra?. Simple y sencillamente porque unos, la gran mayoría **no conoce las leyes de Dios,** otros no quieren seguirlas, y otros mas, **no las creen,** pero estas leyes están para todo aquel que crea firmemente en la Palabra del Padre y son inmutables, por tanto nadie puede cambiarlas. Ni Dios mismo porque El nunca cambia, como dice en su Palabra cielo y tierra pasarán más su Palabra no pasará. Cristo Jesús conocía a perfección las leyes del reino de los cielos y vino a enseñarnos como operar en ellas, para disfrutar de los beneficios de ser súbditos de su reino. Una de estas leyes es la ley de la multiplicación, esta ley la encontramos en:

Mateo 14 v 15.

La Primera multiplicación del pan.

Cuando ya caía la tarde, sus discípulos se le acercaron diciendo estamos en despoblado y es tarde, despide a esta gente para que se vayan a las aldeas cercanas y se compren algo de comer. Pero Jesús les dijo: **"denles ustedes mismos de comer".** Ellos respondieron aquí solo tenemos cinco panes y dos pescados. (nota como Jesús declaraba con poder la Palabra de fe para que fuera manifestada).

Jesús les dijo: tráiganmelos para acá. Tomó los cinco panes y los dos pescados, levantó los ojos al cielo

**pronunció la bendición, partió** los panes y los entregó a los discípulos. Todos comieron de ellos, y se recogieron los pedazos que sobraron.

La Palabra de Dios dice que se recogieron doce canastos llenos, después que comieron cinco mil hombres sin contar a mujeres y niños que también participaron de ese **alimento** y comieron hasta saciarse.

El Pan partido y multiplicado es un símbolo del cuerpo de Jesús como el alimento espiritual que vino del cielo para darnos vida en abundancia a todo aquel que se acerque y coma de Él. Jesús en esos momentos estaba invitando a sus discípulos a dejar de mirar las circunstancias para ejercer la clase de fe de Dios = ZOE. la perfecta voluntad del Padre. Al decirles denles ustedes mismos de comer les estaba poniendo a prueba que tanto conocían del poder de Dios y viendo que tan preparados estaban. Por la respuesta que recibió de ellos podemos darnos cuenta que aun no estaban preparados y no podían ejercer fe sobre las circunstancias, al igual que muchos de nosotros no miramos manifestadas todas las bendiciones que como hijos poseemos por no querer salir de la celda de incredulidad a la que fuimos confinados por satanás y que! **Ya esta abierta** ¡ para que demos el paso hacia la libertad que en Cristo Jesús tenemos.

Al actuar en las leyes del reino, Jesús sabía muy bien en quien tenía puesta su fe, y les dio una manifestación tangible del poder del reino que venia a establecer nuevamente sobre la tierra, y así cumplir obedientemente el plan redentor del Padre. La fe viene a nosotros por el constante oír la Palabra de Dios, es por ese motivo que Jesús invitó a dar del **alimento** que los discípulos habían **comido** al andar siempre al lado de Él.

Jesús es la Palabra viva que da vida en abundancia a todo aquel que la cree y actúa en ella. No te dan ganas de creer en las promesas que Dios Padre tiene para ti, más aun de tomarlas en estos momentos con la autoridad que ya te a sido delegada por Cristo Jesús. Te diste cuenta que Jesús tiene el poder de transformar la carencia en abundancia?.

Esas mismas manifestaciones de poder se están realizando en muchas vidas de **creyentes que saben por fe, que la Palabra es viva y es para siempre,** yo que estoy escribiendo este libro para ti soy testigo de dichas manifestaciones en el poder del Espíritu Santo. Honor y gloria a ti Señor Jesús.

Juan 10 v 10.

D ijo Jesús pero yo he venido para que tengas vida, y para que la vivas en abundancia.

Entiende lo que dice Jesús, vida en abundancia, no en pobreza enfermedad y muerte. Busca en los evangelios desde el nacimiento hasta el final del ministerio que hacía Jesús con las personas que se acercaron a Él. Las sanaba, perdonaba, y liberaba a los que estaban oprimidos por el diablo. Date cuenta quien es el ladrón y mentiroso, y a quien vas a creerle sus promesas. Por lo pronto déjame decirte que yo decidí creerle a mi Padre y no me arrepiento de ser una creyente de su Palabra. Amén

Juan 14 vs 12 al 14.

D e cierto os digo: el que en mi cree, las cosas que yo hago las hará también y aun mayores hará, porque yo voy al Padre, y todo lo que pidieres al Padre en mi nombre, lo hará para que el Padre sea glorificado en el hijo. Si algo pidieres en mi nombre yo lo haré.

Tenemos la promesa de Jesús que todo cuanto pidamos con fe y de acuerdo a su Palabra, a nuestro Padre en su

Nombre nos lo concederá. A nosotros nos corresponde conocer cuales son esos mandatos y esas promesas por medio de estudiar y poner por obra cada ordenanza, siguiendo fielmente su Palabra.

Es verdad que existe una voluntad desconocida pero eso es en cuanto a cosas personales se refiere, donde nosotros pidamos una guía para emprender una misión en el futuro de la que no tengamos una seguridad, que es conforme a su voluntad; sino a nuestros deseos.

**D**e cierto os digo: el que en mi cree, las cosas que yo hago las hará también, y aun mayores cosas hará.

Aquí Jesús nos quiere dar a entender que si nosotros hacemos todo lo que nos manda en su Palabra, le ayudaremos a que su gloria sea manifestada. Porque somos el cuerpo de Cristo aquí en la tierra, y al arrebatar para nosotros las llaves del imperio de la muerte a satanás, nos hizo herederos juntamente con el de todo lo que el Padre tiene para nosotros. Solo siguiendo los pasos de Jesús lograremos recuperar nuestra herencia aquí en la tierra, porque es en la tierra donde necesitamos llevar a cabo su obra.

*Conociendo Las Promesas de Dios.*

*El que no escatimó ni a su propio hijo.*

*Como no nos dará también todas las cosas.*

*Mateo 7 v 11.*

*Si ustedes que son malos, saben dar buenas cosas a sus hijos, cuanto más, mi Padre que está en los cielos, dará cosas buenas a todos los que se las pidan.*

# Conociendo las Promesas de Dios.

Por tanto es imposible que Dios mienta.

Que está pasando con el mundo. El mundo entero yace en poder del maligno y nos quiere tener una venda en el espíritu que nos haga incrédulos e ignorantes a las promesas del Padre. Como ya te mencioné antes, el ladrón vino a destruir la obra de Dios pero para lograrlo se sirve del mismo hombre. Cuando el hombre gozando de su libertad se sale de los límites que marca el Creador, cede sus derechos de libertad a satanás y cae en pecado por la naturaleza independiente que tiene por parte de Adán al desobedecer a Dios y querer hacer su propia voluntad.

Pero gracias sean dadas al Padre que no escatimó ni a su propio hijo para rescatarnos de la ley del pecado como lo encontramos en:

Romanos 8 v 32.

El que no escatimó ni a su propio hijo, sino que lo entregó por todos nosotros como no nos dará también todas las cosas?.

Es tanto el amor que nos tiene el Padre que no solo entregó a su hijo en rescate nuestro, sino que también nos hizo herederos de todas sus riquezas juntamente con Cristo Jesús. El Padre Dios no te quiere pobre ni ignorante, fuiste dotado con un poder y un entendimiento por encima de toda su creación para que lograras por ti mismo todo lo que desees, solo que eso exige un esfuerzo de tu parte. En todo pacto firmado hay dos interesados, el que hace el pacto y el que lo acepta. Pero cada pacto tiene requisitos que si se rompen por una de las partes interesadas deja de tener validez; y quien lo quebranta pierde sus derechos legales. Siempre ha sido el hombre por desobedecer las leyes divinas quien pierde, porque el

Padre ha ligado su Palabra con obligación a su Nombre, por tanto no cambia y siempre cumple por amor a Él mismo.

Deuteronomio 8 v18.

Sino acuérdate de Jehová tu Dios, porque el te da el poder para hacer las riquezas, a fin de confirmar su pacto contigo.

Isaías 40 v8.

Secase la hierba, marchitase la flor; mas la Palabra de nuestro Dios permanece para siempre.

Mas la Palabra de nuestro Dios permanece para siempre, lo cual quiere decir que si ya dejó establecido un pacto con el hombre, por ser Dios no cambia (esa es su soberanía) respetar lo que ya dejó establecido y no mudar su Palabra.

Pero tenemos la libertad de elección, la cual nos da el derecho de escoger libremente el creer o no creer en sus palabras.

Tu decides; el te da el poder de elección y tu decides poner por obra sus mandatos o desobedecerlos con la condición que las consecuencias de tus actos eres tu quien las sufres o las gozas.

Es muy importante darle gracias en todo tiempo porque todo don perfecto y toda buena dádiva descienden de lo alto del Padre de las luces en el cual no hay sombra de variación. Cuando Dios te da una visión también te da una provisión para que logres alcanzar la meta que te propones en la vida, pero es responsabilidad tuya esforzarte y seguir fielmente las ordenanzas, conociéndolas y aplicándolas sin desviarte ni a derecha ni a izquierda.

Sino Acuérdate del Señor tu Dios.

Que es el que te da el poder para hacer las riquezas

A fin de confirmar su pacto contigo.

*Reglas de Prosperidad.*

*# 1.*

*Dar.*

*El alma generosa es prosperada.*

*La primer regla para abrir la puerta*

*a la prosperidad es dar.*

Se que te preguntarás: Que cosas tengo que dar?

◾ Alabanza y honra a Dios en todo tiempo y en todo lugar.

◾ Tiempo en oración, entrando con denuedo al trono del Altísimo, dando gracias al Padre por todo lo que Dios es para ti, por todo lo que tu eres en Cristo Jesús, por todo lo que tu puedes en Cristo, por todo lo que posees en Él, orando en el entendimiento, pero también en el espíritu, para edificar tu fe en Cristo Jesús, porque cuando tu confiesas con tu boca todas estas palabras estas reconociendo en el mundo espiritual lo que el Señor Jesús hizo por ti, y cada vez que lo confiesas estas exaltando ante todos el Nombre de Jesús.

◾ Al aceptar el pacto de Prosperidad con Dios, lo estas haciendo tu socio, y al hacerlo tu socio te comprometes con Él de darle las primicias de tus frutos de cualquier cosa que recibas, sea en lo económico o lo espiritual, le pertenece el 10% de todas tus ganancias.

◾ Ofrendas y semillas para que sean multiplicadas en bendiciones para ti.

(todo lo que el hombre siembra eso va a cosechar). Dar es un don divino, y una ley para prosperar, establecida por Dios y no por el hombre.

Lucas 6 v 38.

D ad y se os dará; medida buena apretada y remecida darán en vuestro regazo; porque con la misma medida que midas te volverán a medir a ti los demás hombres de la tierra.

Te preguntarás porque tienes que dar primero que recibir, porque de esta manera tú abres las puertas a tu bendición, estas operando en la ley de siembra y cosecha que Dios dejo establecida para que se multiplique tu bendición. Siempre que tu das con generosidad estas operando en las leyes del reino de Dios y conforme a su Palabra porque estas obedeciendo una orden que dice: todo lo que el hombre siembre eso va a cosechar y tu estás sembrando una **bendición o una maldición** en otro. Tu cosecha es inminente en el reino espiritual; fíjate muy bien que dice todo lo que siembres, por eso si siembras cosas malas o semilla corrupta no esperes recibir cosa buena de tu siembra esto es en todos los campos que quieras cosechar. Es la semilla que siembres la que te va a producir el fruto de lo que sembraste, Dios no es responsable de tu semilla, pero tu si. La palabra de Dios es poderosa, es eficaz, es más cortante que toda espada de doble filo y penetra hasta partir el alma, las coyunturas y los huesos. Recuerda que es imposible que Dios mienta o cambie algo que ya dejo establecido en su reino. Personalmente creo a su Palabra y doy testimonio de su poder al escribir este libro para ti, con la seguridad de que lo que te digo cambió mi vida; y no me cansaré de repetir que todo don perfecto y toda buena dádiva nos llega del Padre de las luces. ( de acuerdo a lo que tu siembras, el da el crecimiento sobre todo lo que está sembrado ; pero si no hay una siembra no esperes una cosecha).

Tienes el poder creativo en tus manos, esto es una buena dádiva del Padre, un potencial natural en ti; como un ser divinamente capacitado por Dios, como hecho a su imagen y semejanza.

La Palabra de Dios nos dice en:

Mateo 6 v33.

**Busca primeramente el reino de Dios y su Justicia, y todas estas cosas te serán añadidas.**

**El reino de Dios sobre la tierra te dije anteriormente que fue restablecido por mi Señor Jesús.**

Gálatas 3 vs 13 y 14. Nos habla de eso.

Cristo nos ha rescatado de la maldición  de la ley, al hacerse maldición por nosotros, como dice la Escritura. De ese modo la bendición de Abraham alcanzó a las naciones paganas en Cristo Jesús por la fe, recibimos la promesa que es: El Espíritu de Dios (dentro de todo aquel que crea y confiese a Jesús como su Rey  y Señor).

Esta confesión te acredita como: Hijo de Dios, Embajador de su reino, Templo del Espíritu Santo, Justicia de Dios aquí en la tierra, te da el dominio sobre toda cosa creada y sobre toda circunstancia. Quiero darte un arma muy poderosa para que la uses en tu lucha contra el mal: **satanás  es un ángel caído por lo tanto es un ser creado que ¡ Yá ¡ Jesús puso bajo tus pies y no tiene poder sobre ti,** al menos que tu se lo permitas. Dios Padre dejó establecido como una ley inmutable  que ningún ser creado que careciera de un cuerpo material podía ejercer dominio sobre la tierra, es por eso que satanás necesita del cuerpo y de la mente del hombre para dañar a otro hombre y tomar control sobre tu conducta. Es un imitador de las cosas de Dios; como el Padre dejó establecida la autoridad por medio de nosotros aquí en la tierra; nos tenía diseñado el plan de depender total y completamente de su Presencia como fuente y aliento de vida, pero nos dejo la libertad de escoger y permitir una u otra cosa, tu decides  que permites y como lo permites.

Como puedes permitir eso? Andando en desobediencia, ignorancia, celos violencia ira y contiendas, mentiras y alejado de Dios. Toda persona que crea y confiese que Jesús es su Señor y busque renovar su entendimiento con la Palabra de Dios ¡Es libre! Porque Jesús pagó un precio muy caro por ti en la cruz ¡ ¡Eres Libre¡ eres libre y tienes derecho a todas las cosas que el Padre diseñó para ti, si buscas primeramente el reino de Dios, todas estas cosas te serán añadidas. Cuales cosas? Las espirituales primeramente y después las materiales, cuando buscas primero a Dios abres la conciencia al poder divino te conectas nuevamente a Él. Recuerda que antes de confesar a Jesús no puedes tener una relación con el Padre por ser muerto espiritual, un esclavo del demonio, pero cuando reconoces a través de tu confesión personal y voluntaria y declaras a viva voz a Jesús tu Señor, el poder de Dios entra en ti y te hace hijo y heredero de todas las riquezas en Cristo Jesús.

Gálatas 3 vs del 5 al 7 dice:

Cuando Dios reparte los dones del Espíritu y obra milagros entre ustedes, que tiene que ver con la ley? No será más bien porque han acogido la fe. Acuérdense de Abraham creyó a Dios, que se lo tomó en cuenta y lo consideró un hombre justo. Entiendan que quien toma la fe es hijo de Abraham por fe.

Fe es llamar las cosas que no son como si lo fueran, que es lo mismo traer las cosas en las que creemos del mundo espiritual las cuales no podemos ver, pero son reales y podemos verlas manifestadas en nuestras vidas. Tenemos que confesar constantemente lo que dice el Padre en su Palabra y creer firmemente que nos serán manifestadas, recuerda que la Palabra de Dios es semilla en el reino espiritual y que toda semilla tiene un tiempo para crecer y dar fruto, no es de la noche a la mañana que un árbol logra dar sombra, sino que es mediante el proceso natural de crecimiento y el paso del tiempo. Aquí podemos conocer y aplicar la ley de la progresión, que se encuentra en:

Marcos 4 v26.

La Parábola del crecimiento de la semilla.

Decía además: Así es el reino de Dios, como cuando un hombre echa semilla en la tierra; y se duerme y se levanta de noche y de día, y pasa tiempo, la semilla brota y crece sin que el hombre sepa como, primero es hierba, luego espiga, después grano lleno en la espiga, cuando el fruto está maduro, se mete la hoz, y se recoge el fruto.

Jesús siempre habló en Parábolas para que entendieran sus discípulos, cuando les habló de entrar al reino les dijo:

Marcos 10 v 15 (traducción original dice así:)

El que no recibe el reino de Dios como: el vientre de una mujer recibe la semilla de un niño, y la acepta, le permite implantarse en su vientre, le ayuda a desarrollarse, la cuida durante el proceso de gestación, y cumplido el tiempo la trae al mundo. A este proceso se le llama la ley de progresión, en el campo espiritual Jesús nos dice que aprendamos este proceso y lo apliquemos igual que la mujer lo recibe como el hijo que fue implantado en sus entrañas para que le de vida. Y al recibir esta Palabra del reino la aceptemos y desarrollemos durante el proceso de crecimiento y maduración de nuestro espíritu. La palabra recibir es sinónimo de –**procesar-desarrollar =a darle curso completo a algo que tu deseas ver un resultado tangible de ello. Tener información completa de la Palabra de Dios para recibir instrucción sobre una estrategia para defenderte en la guerra espiritual y lograr la victoria.**

La victoria sobre el mal fue ganada por Cristo Jesús; a nosotros solo nos corresponde mantener puestos nuestros ojos en Él y vivir y recibir por fe todos los beneficios del reino. Es pues la fe la confianza de lo que se espera, la convicción de lo que no se ve. (no se palpa materialmente). Se cree en el espíritu hasta que es manifestado en el plano material. La promesa que Jehová hizo a Abraham es para todo aquel que crea y declare la Palabra de Dios porque con el corazón se cree pero con la boca se confiesa para que sea manifestado conforme a tu fe. Puedes utilizar tu fe, como una herramienta que Dios dejó en tus manos para que la uses en distintas áreas de tu vida y bajo diferentes circunstancias; como declarar salud, o prosperidad. Dice la Palabra que la fe viene por el oír y el oír y el constante oír la Palabra de Dios; si no escuchas constantemente no la aprendes y si no la aprendes, no puedes ponerla en práctica porque no sabes como declararla;

cuando llegan a tu vida acontecimientos difíciles en lugar de luchar y atacar por medio de ejercer tu fe crees que Dios te está probando; cuando Dios no prueba a nadie con el mal ni permite ser probado. Recuerda una vez mas que todo don perfecto y toda buena dádiva proviene del Padre de las luces, que todo lo bueno es obra de Dios; te repito esto muchas veces para que lo creas con tu corazón y sea manifestado a tu espíritu. En Cristo Jesús tenemos las promesas que Dios le hizo a Abraham y alcanza a todos los que por fe las creen y las declaran, las reciben. Por tanto digo que la segunda regla es: **activar tu fe.**

La fe en la Palabra de Dios viene por el oír y por el oír y el constante oír. Es así como activas y creces tu fe.

Regla #2.

Activa tu fe.

*La fe llega por el constante oír*

*la Palabra de Dios.*

*Se nos dice que no seamos oidores olvidadizos sino mas bien hacedores de la Palabra de Dios.*

*Que aprendamos a aplicar cada enseñanza que escuchemos y la pongamos en práctica.*

# Como Activamos nuestra Fe.

El primer paso para activar tu fe es adquirir conocimiento de Palabra porque sin conocimiento no podemos tener fe. Para ejercer fe tienes que tener conocimiento de Palabra con revelación, porque solo así puedes defender tu fe, es necesario declarar la palabra de vida eterna para mover la mano de Dios, solo la palabra de Dios que sale por tu boca puede lograr que Dios responda a tu llamado. Pondrías tu fe en alguien que no conoces. Dice la Palabra de Dios en:

Hebreos 11 v 6.

Pero sin fe es imposible obtener nada de Dios, todo aquel que se acerque a Dios tiene como requisito creer que verdaderamente Dios es Dios y recompensa a los que lo buscan.

**"Los que lo buscan diligentemente"** un sinónimo de diligente es **constante;** no puedes tener fe porque creíste en un tiempo que Dios era Dios, sino que tu fe va a estar activa cada día porque tienes la certeza que este momento estás caminando con tu fe puesta en lo que Dios te prometió para que esa fe que tienes "HOY" traiga la manifestación de lo que creíste ayer y por lo cual diste gracias que recibirías este día.

Para esto la Palabra de Dios nos dice: no se aparte de tu boca este libro de la ley de día y de noche medita en el, solo meditando en todo lo que dice y aplicando a mi vida cada mandato y cada ordenanza puedo yo recibir un resultado positivo. Pero si no conozco los mandatos y las reglas para poder usar eficazmente las herramientas que me fueron dadas, para conseguir un buen resultado en la manifestación activa de mi fe, como puedo obedecer un mandato que desconozco que me a sido dado?. Es como ordenar a un sordo y además ciego, que nos mire y nos escuche; si por lo menos mirara, sabría por el movimiento de los labios que le estamos hablando a el. Pero si ni siquiera puede mirar, como va a saber que estamos dirigiéndonos hacia su persona. Lo mismo pasa con un niño, no podemos hablarle cosas que ignora, porque simple y sencillamente no las sabe; así es el hombre carnal, **no puede entender las cosas de Dios,** porque ignora tanto leyes como promesas y no puede ejercer su fe. No tiene autoridad para ejercer dominio por ser un separado de Dios y no puede entender las cosas de Dios por estar conectado en una dimensión  distinta en el plano espiritual. Porque es un muerto espiritual, y los muertos no oyen ni entienden cuando tu les hablas.

El hombre carnal no puede obedecer a Dios, cuando eres un niño espiritualmente hablando; tampoco puedes ejercer autoridad necesitas quien te cuide, administre, e instruya para que adquieras el conocimiento que dará libertad a tu vida en el plan de Dios para tu persona; como hijo y heredero de un reino de amor, de paz, prosperidad, salud divina y dominio sobre toda circunstancia. Tiene otra persona capacitada que enseñarte  tus derechos  y deberes para que puedas ejercer tu autoridad como hijo y heredero  de todas las promesas que el Padre tiene para ti como su hijo.

Gálatas 4 v1 al 7.

Pero también digo en tanto que el heredero es niño en nada difiere del esclavo, aunque es señor de todo. Sino que esta bajo tutores y administradores;

hasta el tiempo señalado por el Padre. Así también  nosotros cuando éramos niños estábamos en esclavitud bajo los rudimentos del mundo, pero cuando vino  el cumplimiento del tiempo, Dios envió a su hijo nacido de mujer y nacido bajo la ley; para redimir a los que estaban bajo la ley a fin de que recibiéramos la adopción de hijos, por cuanto sois hijos de Dios; envió a vuestros corazones el Espíritu  de su hijo el cual clama Abba Padre, así que ya no eres esclavo, sino hijo y si hijo también heredero de toda su fortuna. Cuando recibes una herencia familiar tienes que ser instruido y asesorado por un abogado, para tomar posesión de tu herencia. En el reino de Dios es igual; tienes que ser instruido y capacitado por el Espíritu Santo, a través de la Palabra que es Cristo Jesús.

Romanos 8 vs 16 y 17.

El Espíritu mismo da testimonio a nuestro espíritu de que somos hijos de Dios. Y si hijos, también herederos y coherederos con Cristo Jesús.

El hombre carnal **no puede** discernir las cosas del Espíritu porque vive y actúa conforme a los deseos de la carne, o a su naturaleza mundana y desconoce el mandato y las promesas de Dios conforme al Espíritu, tampoco el hombre que es un niño espiritual tiene el suficiente conocimiento y discernimiento para creer que Dios es capaz de proveer lo suficiente conforme nos dice en su Palabra.

2 De Pedro 1 v 4.

Por medio de las cuales nos ha dado preciosas y grandísimas promesas, para que por ellas llegáramos a ser participantes de la naturaleza divina,

habiendo huido de la corrupción que hay en el mundo a causa de la concupiscencia. Hace falta ser bautizados con el Espíritu Santo, para que podamos entender espiritualmente, lo que como hombres naturales no comprendemos.

En el evangelio de Juan 8 vs 31 y 32.

Entonces dijo Jesús a los que habían creído en Él:

Si vosotros permaneciereis en mi Palabra seréis verdaderamente mis discípulos y conoceréis la verdad y la verdad os hará libres.

Para conocer la verdad necesitas primeramente creer que Jesús es tu Dios y Señor, luego conocer sus promesas, y por último permanecer firmes estudiando y declarando su palabra para que esa palabra sea manifestada en tu vida, comenzando así ha vivir conforme a lo que dice su ley. Este es un mandato imprescindible para lograr la libertad y caminar en la verdad espiritual a la que fuimos invitados a participar todos los que creemos que Jesús es Señor en nuestras vidas.

Como nos dice: Romanos 8 vs 16 y 17.

El Espíritu mismo da testimonio a nuestro espíritu de que somos hijos de Dios. Y si hijos, también herederos; herederos de Dios y coherederos con Cristo.

Como ves tenemos promesa de vida eterna de prosperidad salud, armonía, gozo, y bienestar cuando conozcamos la verdad que nos hará libres.

Como dice su Palabra en:

Salmos 34 v 10.

Los que buscan a Jehová no tienen falta de ningún bien.

Job 36 v11.

Si oyeres y le sirvieres, acabarán tus días en bienestar y tus años en dicha.

**Conoceréis la verdad que te hará libre.**

Si oyeres y le sirvieres, acabaran tus días en bienestar y tus años en dicha. Mira nada más cuantas grandiosas y preciosas promesas habíamos perdido por ignorar la Palabra de Dios. Y siendo ignorantes de esas promesas, no podíamos disfrutar de las mismas ni tampoco reclamarlas como nuestras. Ahora que ya las conocemos, te invito a que ejerzas tus derechos legales; pero antes acepta que Jesús es el Señor de tu vida, esfuérzate y refuérzate en su palabra y camina con el derecho y la libertad de ser hijo de

Dios y heredero conforme a las riquezas en gloria de Cristo Jesús. Al aceptar a Jesús como Señor y salvador de tu vida, pasas de esclavo a libre y de libre a hijo y heredero del reino de Dios.

Gálatas 4 v 7.

Así que ya no eres esclavo, sino hijo, y si hijo también heredero de Dios por medio de Cristo Jesús.

Te diste cuenta que ya no eres esclavo sino libre y además de libre hijo y heredero, que estas palabras vienen de Dios, que no son cuentos míos sino palabras de Dios; deseos de su corazón que se hagan realidad en todos sus hijos, por eso nos pide que creamos a todo lo que nos dice en su libro de la ley que es la Biblia. Cuando ordenas tu mente y sometes tu voluntad a la voluntad del Padre estás operando en **la ley del acuerdo; la cual dice así:** si dos de vosotros se ponen de acuerdo en cualquier cosa que pidan, lo que pidan de acuerdo a mi Palabra les será hecho. Esta ley va más allá de la tierra solamente.

En Mateo 18 v 18.

Nos muestra que cielo y tierra tienen que estar de acuerdo para prohibir o para permitir y te dice:

De cierto te digo que todo lo que tu permitas aquí en la tierra será permitido en el cielo; y todo lo que tu declares ilegal, nulo e impropio aquí en la tierra, es lo que ya fue declarado nulo, ilegal e impropio en el cielo.

Para actuar en la ley del acuerdo tienes que conocer el testamento legal que Cristo Jesús dejó para ti, si para ti personalmente para ti.

Y está escrito en la Biblia, comenzando desde Romanos a Judas.

Recuerda esto "**En tanto que el heredero es niño en nada difiere del esclavo aunque es señor de todo**".

*Ejerce tus derechos Legales.*

Y... si hijos...Herederos.

Y coherederos con Cristo Jesús.

Poseemos una herencia juntamente

con Cristo Jesús

# Ejerce tus derechos Legales.

Caminar en libertad es saber ejercer tus derechos legales sobre la herencia que como hijo y heredero de Dios te corresponde; también es tu deber recordar el pacto, y cumplirlo fielmente para poder alcanzar los beneficios del mismo.

En Proverbios 3vs 9 y 10 dice:

Honra a Jehová tu Dios con las primicias de todos tus frutos; y serán llenos tus graneros con abundancia, y tus lagares rebosarán de mosto.

Si te recuerdas en los capítulos anteriores te mencioné que dar al Padre "Alabanza y Adoración" que son la ofrenda espiritual al que me refiero, aparte del diezmo de tus finanzas te atrae más bendición, honrar a Dios con las primicias de tus frutos va mas allá de solo sembrar finanzas. Este versículo cuando se refiere a que serán llenos tus graneros. Quiere decir: cuando tu pones a Dios **primeramente** en todas tus obras, recibes fruto de esa siembra espiritual de la cual te hablo; tu espíritu, crece y se fortalece de la Palabra que estás aprendiendo a aplicar en tu diario vivir. Cuando se llegue el momento de probar tu fe, esa semilla de la que habla Proverbios 3vs 9 y 10. Tu espíritu tendrá tanta palabra, que toda esa palabra saldrá por tu boca y declarará nula e ilegal la circunstancia que el diablo quiera poner como prueba en tu vida; logrando vencer por **el poder de la Palabra de Dios todo aquello que venga a probar tu fe y serás mas que vencedor.** La victoria es Cristo Jesús quien la logró para ti, tu fe en su Palabra es la que la trae a manifestación a tu vida. Proveer financieramente para expandir el evangelio de Dios en el mundo, abre las puertas de los cielos para que recibas mas bendición porque estas cooperando voluntariamente en su plan y propósito.

Deuteronomio 8 v 18.

S ino acuérdate de Jehová tu Dios, porque es el que te da el poder para hacer las riquezas, a fin de confirmar su pacto que Juró a tus padres, como en este día.

Queriendo decir con esto que su pacto no cambia con el tiempo, que es de generación tras generación con todos los que cumplen su palabra. Cuando activas tu fe y comienzas a hacer uso correcto de el pacto que Dios tiene establecido por siempre con el hombre, empiezas a recibir bendición y sobreabundas en dones y talentos para ser prosperado, como dice en:

3Juan 2.

A mado yo deseo que seas prosperando en todas las cosas y que tengas salud en abundancia así como próspera tu alma (Lo cual es igual a decirte).

Amado. ------------------------------ Yo tu Dios deseo que estés prosperado tanto del alma como del cuerpo, por medio de obedecer mis mandatos y cumplir este pacto que quiero establecer contigo. El padre amoroso no nada mas desea que seamos prosperados en cosas materiales; sino que gocemos de una prosperidad espiritual y de una salud divina; que renovemos constantemente nuestro entendimiento para estar en su perfecta voluntad, que vivamos la clase de vida perfecta que Él nos diseñó.

Romanos 12 vs 1 al 3.

Les ruego pues hermanos, por la gran ternura de Dios que ofrezcan su propia persona como un sacrificio vivo y santo capaz de agradarle; ese culto conviene a creaturas que tienen juicio. No sigan las corrientes del mundo en que vivimos, sino más bien transfórmense a partir de la renovación interior.

Así sabrán distinguir cual es la voluntad de Dios, lo que es bueno, lo que le agrada, lo que es perfecto. La gracia que Dios me ha dado me autoriza a decirles a ustedes que actúen pero que no estorben. Que cada uno actúe sabiamente según la capacidad que Dios les ha entregado.

Estas palabras me hacen recordar cierto libro que fue escrito basado en la tradición e ignorancia del escritor, con una infinidad de errores; que desgraciadamente esos errores son infiltrados en la mente de los lectores como una verdad; sin que la verdad sea demostrada bíblicamente como es mi costumbre el hacerlo. Errores tan grandes como que el diezmo no es bíblico, yo puedo desmentir eso con varios versículos como:

Malaquías 3 vs 6 al 10.

Porque yo Jehová no cambio, por esto hijos de Jacob, no habéis sido consumidos, desde los días de vuestros padres, os **habéis apartado de mis leyes y no las guardáis.** Volveos a mí y Yo me volveré a ustedes, ha dicho Jehová de los ejércitos. Mas dijisteis en que te hemos de volver ¿robará el hombre a Dios? Pues vosotros me habéis robado. Y dijisteis en que te hemos robado? En vuestros diezmos y ofrendas, malditos sois con maldición, porque vosotros la nación entera me ha robado.

Aquí quiero que entiendas que la maldición somos nosotros, o mejor dicho los que no cumplen con el diezmo los que se maldicen y se acarrean ellos mismos esa pobreza; por no cumplir con la ley de siembra y cosecha, que ya fue establecida por Dios para que siempre tengamos semilla para sembrar y pan para comer. Somos nosotros al no cumplirla los que faltamos y rompemos el pacto. Dios no puede ser burlado, nosotros solos nos acarreamos las consecuencias quedándonos pobres por la desobediencia y no porque **Dios nos quiera pobres.**

**Date cuenta** que no solo es ordenanza sino que el mismo Dios nos dice, que lo probemos para que cumpla su Palabra. Traed todos los diezmos al alfolí y haya alimento en mi casa y probadme ahora en esto dice el Señor, si no abriré las puertas de los cielos, y derramaré sobre vosotros bendición hasta que sobre y abunde; reprenderé por vosotros al devorador, y no destruirá la vid en el campo ni el fruto de tu tierra. Te das cuenta que no solo te bendecirá, sino que reprenderá al devorador, recuerdas quien es el devorador? El que destruye todo lo que Dios tiene guardado para ti  pero que tú no puedes o no quieres tener por flojera, incredulidad, o falta de conocimiento en  lo que dice tu testamento, la herencia que en Cristo Jesús te corresponde, como hijo de Dios. Espero que ya recibas con gozo esta buena nueva del reino de Dios, y que aceptes que todo don perfecto y toda buena dádiva nos llegan del Padre eterno. Me gustaría agregar algo mas por mi cuenta a lo que dijo Pablo a los Romanos, en el asunto de que actúen pero no estorben.

Una cosa es escribir apegado a lo que dice la Palabra y otra muy distinta es darle nosotros a la Palabra el significado que nosotros creemos ignorantemente que tiene; tengamos pues cuidado de instruirnos con revelación y guía del Espíritu Santo, antes de escribir sobre estos temas, ya que en lugar de servir a Dios como el demanda de nosotros, le servimos pero de estorbo a su evangelio. (Jesús mismo dijo el que no es conmigo contra mi es) y  tu por ignorancia haces tropezar a tu hermano en la Palabra establecida por Dios y no por el hombre. Todo lo que escribimos o hablamos para otros que sean en el perfecto amor y voluntad del Padre; solo así podemos dar honor a su Nombre. La autora.

Es tiempo de un despertar de conciencias colectivas sobre muchas verdades que son ignoradas por la mayoría, pero

que otros a pesar de saberlas las callan por encubrir intereses creados y manipulados por grandes instituciones que se dicen religiosas; pero que están mas apegadas a sus costumbres y tradiciones que a la verdadera Palabra de Dios. Otros por miedo a represalias, o a perder su puesto prefieren seguir tradiciones de hombres y otros más simplemente por no tener conciencia de que el bienestar de uno contribuye al bienestar y la prosperidad de todos. Las callan viviendo así en un letargo colectivo acondicionando conciencias a adoptar y aceptar el conformismo y el sometimiento, sin atrevernos a luchar y expresar lo que realmente sentimos y pensamos.

Cuando debemos de tener una apertura de conciencia amplia, para entender, aceptar, y trabajar con la Presencia de Dios actuando en y a través de nosotros. Así nos concientizaremos tanto de lo que Dios es en nosotros como de lo que nosotros somos en Cristo Jesús para el Padre. Si enfocas tu mente en el poder de Dios, y dejas de pensar y creer en limitaciones y miedos, creencias tontas, temores a creer lo que eres y puedes en Cristo Jesús; abres tu mente al poder ilimitado de Dios y caminas libremente en su amor. Con la capacidad de elegir por ti mismo y de demostrarte que puedes lograr el desarrollo entrando a una realidad desconocida y única que tu simplemente ignorabas por no permitirte caminar un paso mas allá de las demás personas. Sólo rechazando pensamientos y sentimientos limitados y mezquinos como nos dice su Palabra en:

Efesios 4 vs 22 y 23.

En cuanto a la pasada manera de vivir, despójate del viejo hombre que esta viciado conforme a los deseos engañosos de la carne y renovándote en el espíritu de tu mente. Y continúa en:

Filipenses 4 v 8.

Por lo demás hermanos, todo lo que es puro, todo lo honesto, todo lo amable, todo lo que es de buen nombre, si hay virtud alguna, si algo digno de alabanza en esto piensa.

Educa tu mente firmemente a pensar en las cosas positivas, las que te instruyan, las que te inspiren y motiven a ser mejor desechando todo material negativo que te impida tener un crecimiento espiritual. Puedes reprogramar tu mente a tal grado que deseches el material negativo que antes la ocupaba y enfocarte en las promesas de todo un reino universal, para disfrutar en plena libertad como hijo y heredero de tu Padre Dios.

(Claro si puedes creer y confiar en Él). Como dice en:

2 A Corintios 10 v 5.

Derribando argumentos y toda altivez que se levanta contra el conocimiento de Dios y llevando cautivo todo pensamiento a la obediencia de Cristo Jesús.

Tu mente es **el campo** donde se libran todas las batallas, contra ti mismo, contra las demás personas; también recuerda algo más importante, contra el mundo espiritual, es por esto que tienes que adquirir conocimiento de la Palabra y prepararte para la gran batalla; sabiendo que la victoria es de Cristo y el que está en Cristo es mas que vencedor. Confía en sus promesas y acepta vivir en ellas hablando y haciendo tuya la palabra declarándola diariamente hasta el momento que sea manifestada (recuerda que todo tiene un tiempo y un momento en la siembra y cosecha). La palabra **culto** viene del latín **cultus** que quiere decir **cultivar.** **Y cultivar se define:** homenaje de reverencia que el ser humano tributa a su divinidad o a lo sagrado =Dios.

La palabra cultivar en el latín es: **cultivare** que quiere decir trabajar un campo = conjunto de valores que toma una función en **todos** los puntos de un espacio dado = **cuerpo.**

**La biblia nos muestra que existen varios tipos de campos; al igual que distintos tipos de semillas.**

## Aprendiendo a diferenciar los campos.

### De acuerdo con: Marcos 4 vs 1 al 32.

Quiero incluir varios tipos de campos, refiriéndome al cuerpo del hombre que es el que recibe el efecto del ataque espiritual al manifestarse como enfermedad, adicciones, depresiones, accidentes o pérdida de la vida, en el peor de los casos.

- Campo raso = cuerpo descubierto o desprotegido, **expuesto a cualquier circunstancia,** (ataque del diablo). La Palabra de Dios en Oseas 4v 6. Dice:

Mi pueblo perece porque le falta conocimiento.

- Campo abierto = **expuesto a recibir todo tipo de creencias religiosas, o enseñanzas falsas.**

- Campo de batalla = **donde se realizan combates,** se pierde o se gana una batalla, donde se logran grandes victorias. (si Dios conmigo quien contra mi).

- Campo de concentración = **"donde quedan confinados bajo vigilancia militar"** poblaciones civiles (prisioneros de guerra).**cautivos de fuerzas demoniacas.**

- Campo de tiro =zona del espacio en la que un arma **puede disparar; terreno militar en el que se efectúan ejercicios de tiro.** 2 a Corintios 10 v5.

Derribando todo argumento y toda altivez que quiera levantarse en juicio en contra del conocimiento de la verdad en la Palabra de Dios. Estando **prontos para castigar toda desobediencia.**

- Campo libre = **a retirarse de un empeño en el que hay mas competidores. = el bien y el mal. La vida y la muerte.**

- Campo magnético = **corriente eléctrica, o atracción de un imán, que sirve para probar las fuerzas con las cuales se unen o se juntan dos cuerpos.**

- En este caso las fuerzas espirituales o divinas = Dios es un Espíritu, Y el que se une a Dios un espíritu es con Él. Juan 17 vs 1 al 26.

La Palabra de Dios nos dice: Deléitate así mismo en el Señor y Él te concederá las peticiones de tu corazón.

Esto nos ayuda a creer en sus promesas y aceptarlas viviendo en ellas, hablando y haciendo tuya la Palabra, declarándola diariamente para que sea manifestada. Recuerda que todo tiene un proceso de gestación. El plan de Dios es perfecto, por eso todo lo que Adán perdió por desobediencia y rebeldía fue revertido por Jesús al venir a la tierra a deshacer las obras del diablo. Y todo el poder que el diablo con mentiras le arrebató al hombre en Adán, Jesús por su obediencia lo rescató para todo aquel que por obediencia a su Palabra llegue a ser participante de la promesa. Es importante ser obedientes a toda su ley para que el demonio **no pueda** engañarnos nuevamente; al estar bajo la libertad de albedrío tenemos el derecho a escoger seguir el camino de Dios o el camino de satanás, el riesgo es tuyo por eso se te dice en Deuteronomio; escoge pues.

Jesús ya pagó un alto precio por tu libertad, para que goces de la herencia que en amor a ti preparó como hijo de Dios, y coheredero juntamente con Él.

2 A Corintios 8 v 9.

Porque ya conocemos la gracia de nuestro Rey y Señor, Jesucristo que por amor de nosotros se hizo pobre, siendo rico ; para que nosotros con su pobreza seamos enriquecidos. Me gusta personalizar cada promesa; esto no quiere decir que cambie la palabra de Dios sino que la reciba como algo personal, que me apropio de ella porque es para todo aquel que la reciba y la acepte, yo la recibo y me hago dueña de la parte que me corresponde como hija de Dios, tu decides si desprecias, regalas o vendes tu primogenitura como Esaú. Jesús se hizo pobre al convertirse en el supremo sacrificio sobre la cruz del calvario donde entregó todo; hasta su Espíritu sufrió tres días y tres noches en tormentos; dentro del infierno pagando el rescate por mi, logrando consumar la victoria sobre satanás y restaurar el reino de Dios en la tierra; dando nuevamente la herencia del reino a todo aquel que quisiera ingresar libremente en el. Como hijos de Dios podemos gozar y reclamar aquí en la tierra todos los derechos que en Cristo Jesús tenemos, pero te repito de nuevo que vas a reclamar y como si ni sabes que posees, ni como reclamar para que te sea entregado.

1 De Pedro 3 v 18.

Cristo quiso morir por nosotros, para llevarnos a Dios, siendo esta la muerte del justo por los injustos, murió en la carne y resucitó en el Espíritu.

Esta es la Semilla incorruptible, Jesús sembrado en cada espíritu que lo acepte, lo reciba y permita el desarrollo espiritual en el.

(El que no recibe el reino de los cielos como el vientre de una mujer recibe la semilla de un niño).

Y continúa en: 1 De Pedro 4 v 11.

Versión Joyce Meyer.

El que habla, hágalo como quien expresa las palabras mismas de Dios, el que presta algún servicio hágalo como quien tiene el poder de Dios ( la unción manifestadora del Espíritu Santo y la autoridad de Jesús actuando a través de tu persona).

**Cuando hablo de la unción quiero decir el poder de Dios liberado a través del poder de la Palabra de Dios que sale por tu boca y es enviado por tu boca con un propósito determinado. Ejemplo,** si estas declarando salud en tu cuerpo. El que cree en mi las cosas que yo hago las hará también y aun mayores hará porque yo voy al Padre y todo lo que pidas o demandes en mi Nombre lo que digas conforme a lo establecido por mi Padre te será hecho, Porque las palabras que salen de tu boca son poderosas, son leyes espirituales que mi Padre dejó establecidas para que todo aquel que las exprese como  uno semejante  o igual a Dios consiga el resultado eficaz de lo que actuó en la fe que Dios le dio; El Espíritu Santo de Dios que mora en nosotros unge lo que nosotros creemos que es hecho en el momento que lo pedimos y lo creemos, lo recibimos en el espíritu; aún que en el plano material no lo estemos mirando o palpando, todo aquel que cree que de la semilla que siembra va a recibir cosecha, es porque el Espíritu Santo de Dios a ungido esa fe para darle el desarrollo completo hasta verla manifestada en lo material.

El Espíritu Santo de Dios que mora en mi me capacita para concebir, lo que ya Jesús conquistó para mi y es un derecho legal que como hijo de Dios poseo y recibo si actúo en **obediencia y de  acuerdo, con lo establecido en el reino de Dios como su súbdito.**

Para que en todo sea Dios glorificado por Jesucristo y yo como cuerpo de Cristo aquí en la tierra le doy toda honra y toda exaltación a quien pertenece la gloria y el imperio por los siglos de los siglos.

Efesios 2 vs 5 al 10.

Estábamos  muertos por nuestras faltas y nos hizo revivir con Cristo por pura gracia hemos sido salvados. Nos resucitó en Cristo Jesús y con el, **para sentarnos en los lugares celestiales.** (Nos dio nuevamente la autoridad sobre todo lo establecido por Él en la tierra).

En Cristo Jesús, Dios es todo generosidad para con nosotros los que estamos y vivimos en Cristo, para manifestar en nuestros tiempos la extraordinaria riqueza de su gracia que en Cristo Jesús es voluntad del Padre para todos sus hijos. Dios Padre ya dejó establecida su voluntad en la biblia...conócela es para ti si la crees y la recibes. Pero a todos los que la recibieron les dio el poder de ser llamados hijos de Dios.

## Regla de Oro.

Todo lo que el hombre siembra eso cosechará.

Recuerda que donde no hay siembra, no hay cosecha.

Por eso dice Malaquías.

Malditos están con maldición, esto es una **advertencia** y no un castigo dado por Dios como muchos piensan, quiero enseñarte que Dios no puede actuar contra su naturaleza, por eso Él **no puede maldecirte, el "Es" todo lo bueno, no tiene lo bueno es la esencia de todo lo bueno y no puede darte lo que no "es" ni posee.**

La palabra maldito en el hebreo significa: dar aviso formal de querer terminar un pacto o convenio de un hombre con quien ha establecido ese pacto, (el hombre y no Dios).

Se te está dando una advertencia de que estarás en maldición si tú no cumples este pacto con Él.

# Regla de Oro.

## Todo lo que el hombre siembra, eso cosechará.

Esta es pues la regla mas importante que Dios dejó establecida para los hombres, ( fíjate que te digo para los hombres en general). Aquí no se hace distinción en cuanto a si eres hijo de Dios o esclavo del demonio, la ley de oro está rígidamente establecida y la palabra de l Padre no cambia por ser o no ser su hijo.

Todo lo que el hombre siembra eso cosecha; tu decides si siembras y que tipo de semilla quieres sembrar, en esto Dios no interviene, le deja a cada cual la libertad y la responsabilidad de decidir lo que haces en y por ti mismo, si te orientas a través de su Palabra o te dejas llevar por las corrientes del mundo. Esto lo decides tú, también quiero decirte que la ley de siembra y cosecha determina el fruto que logres para tu vida como lo dice en:

Génesis 1 v 11.

Después dijo Dios, produzca la tierra hierba verde, hierba que de semilla, árbol de fruto que de su fruto según su género, que su semilla este en el, sobre la tierra y fue así. **Produjo** pues la tierra hierba verde, hierba que da semilla según su naturaleza, y árbol que da fruto, cuya semilla está en el, según su género. Ejemplo:

Si siembras semillas de trigo- vas a cosechar trigo.
Si siembras semillas tomates – vas a cosechar tomate.
Si siembras semillas de dinero – vas a cosechar dinero.
Si siembras semillas de palabras –cosecharas palabras.
El principio de todo es la Palabra, y todo está establecido en el reino de Dios.

# Y dijo Dios "hágase".

## Y dijo el hombre a semejanza de Dios.

## La ley de la Manifestación.

Aquí quiero darte a entender que el valor de tu palabra es muy importante en tu desarrollo, físico, intelectual, y espiritual, porque si te alimentas con palabras limitadas, como decir **no puedo hacer nada, Tengo miedo intentarlo, soy un inútil, eres un tonto, no sirves para nada; te estas limitando y estas limitando a toda persona que te escucha, estas sembrando una mala semilla, en ti y en otros.**

Este mismo principio incluye a tu familia y a aquellos que están cerca de ti escuchando tus limitaciones y es mala hierba creciendo en sus espíritus porque la ley espiritual quedó establecida y se cumple **Todo lo que el hombre siembra va a cosechar.**

Proverbios 8 vs 17 y 18.

Yo amo a los que me aman, y me hallan los que temprano me buscan. Las riquezas y la honra están conmigo; riquezas duraderas y justicia.

Volviendo al tema de siembra y cosecha, tanto amó Dios al mundo que sembró a su hijo como semilla incorruptible, para recoger de nosotros fruto de esta semilla en todo aquel que recibe con gozo esta semilla de Dios. Siendo renacidos en el Espíritu de Dios como sus hijos.

Juan 12 v 24.

De cierto os digo que si el grano de trigo no cae en la tierra y muere, queda solo pero si muere lleva mucho fruto.

**Notaste que dice si no cae en la tierra y muere,** fue necesario que cayera aquí en la tierra; para que desde aquí en la tierra se manifestara el fruto espiritual que el sembrador de vida espiritual estaba demandando de la tierra fruto espiritual que la tierra no podía darle por estar bajo esclavitud del reino de las tinieblas, era necesario que el Rey de reyes viniera aquí a la tierra y derrotara al que estaba dominando sobre la propiedad que es pertenencia de los hijos de Dios, como nos muestra su Palabra en:

L Salmos 37 v 29.

os justos heredarán la tierra y vivirán para siempre sobre ella. **Vivirán para siempre, sobre ella.** Se nos había hecho creer que el lugar que nos correspondía era el cielo y todos añorábamos el día de encuentro con el Señor. **Dios Padre diseño la tierra para los hombres, como un derecho legal para ayudarle a crear cosas visibles en un mundo visible.**

Como leemos en 1 de Pedro 3 v 18.

C Risto quiso morir por nuestros pecados, para llevarnos al Padre, siendo su muerte justificada con el renacimiento espiritual de nuestras vidas; por eso Jesús comparaba siempre el reino de Dios con la siembra y la cosecha y decía :

Marcos 26 vs 26 y 27.

A sí es el reino de Dios, como cuando un hombre hecha semilla en la tierra; y duerme y se levanta de noche y de día, pasa el tiempo y sin que el hombre sepa como esa semilla crece y se hace un árbol grande y da un fruto de ella.

**Entendiste** que para cosechar es necesario primero sembrar, luego dejar que la semilla crezca y madure para poder tener un fruto de ella. Date cuenta exacta de estas palabras todo lo que el hombre siembre eso va a cosechar, si siembras buenas semillas cosecharas buenos frutos de tu semilla sembrada; si siembras mala semilla cosecharas malos frutos de ella, no puedes por ley recibir algo bueno de algo malo, no algo malo de algo bueno Dios no puede mudar su Palabra, es una ley inmutable para el hombre aquí en la tierra. Mejor cuida la clase de semilla que siembres de ahora en adelante para recibir un buen fruto de tu cosecha en la vida. Otra cosa que tienes que hacer es cuidar que clase de semilla permites que te siembre otra persona, y si la dejas crecer o la abortas para que no te dañe a ti.

Mateo 13 v 19.

Vinieron entonces los siervos del padre de familia y le dijeron, Señor ¿no sembraste buena semilla en tu campo, de donde pues tiene cizaña?. Él les dijo: un enemigo ha hecho esto.

Te repito de nuevo sabes quien es el enemigo en tu vida? satanás que trayendo dudas incredulidad, desánimo, envidias, celos, temores, odios, y rencores, se infiltra en tu vida por medio de personas que están alrededor tuyo, utiliza aun a tu propia familia; y roba, mata, y destruye todo lo que tu has logrado conseguir si no estás atento a esas verdades y no sigues fielmente su Palabra; Dios te deja unas reglas a seguir, si tu no las sabes o las tomas en cuenta, eres tú y no Dios quien rompe el pacto.

Él te dice claramente Yo Soy Dios tuyo que te encamina por el camino que debes de seguir.

Mateo 13 v 19.

Cuando oyes la Palabra de Dios y no la interiorizas o la retienes en tu espíritu, viene el maligno y te roba, la semilla de fe que fue sembrada cuando oíste la Palabra de Dios, ya sea para que prosperaras, sanaras o tuvieras una paz familiar, si tu no le das el valor que tiene y pones otras cosas como prioridad en tu vida.

Salmos 112 v 3.

Bien aventurado el hombre que honra a Jehová, y en sus mandamientos se deleita en gran manera; bienes y riquezas hay en su casa y su justicia permanece para siempre.

Bienes y riquezas hay en su casa y su justicia permanece para siempre, si bienes y riquezas hay en su casa y su justicia permanece para siempre.

¿Qué mas necesitamos para cumplir este mandato? Creo que saberlo, creerlo, y ponerlo en práctica o aplicarlo a nuestra vida diaria, creer verdaderamente al Padre que será manifestado en el tiempo exacto de Dios.

En Job 36 v 11.

Si le oyeres y le sirvieres acabarán tus días en bienestar y tus años en dicha.

Una vez más fíjate muy bien; si le oyeres y le sirvieres, estos mandatos son básicos que se obedezcan para ser prosperado. Que feliz es el hombre que honra a Dios y lo pone primeramente en todos sus caminos, bienes y riquezas tiene en su casa, es bendito en su entrar y en su salir, bendito todo lo que hace y prospera, benditos son sus hijos, su trabajo, sus sembrados, sus ganados, sus propiedades, y todas las cosas que tocan sus manos vienen a mas bendición.

Salmos 19 v 14.

Sean gratos ante ti los dichos de mi boca y la meditación de mi corazón. Señor mío, mi roca y mi redentor.

Génesis 8 v 22.

Mientras la tierra permanezca, no cesaran la siembra y la cosecha, la lluvia, el frío, y el calor, el verano y el invierno, el día y la noche.

Miramos que la ley de siembra y cosecha mientras la tierra permanezca, es otra ley inmutable establecida por Dios; la conozcas o la ignores, no cambia; te digo esto para que veas que diezmos y ofrendas no se establecieron por un hombre y ningún hombre las puede anular, te gusten o no; te convengan o no te convengan; pero se necesita ser demasiado ignorante de la Palabra de Dios, como para después de conocerla creer todavía que no son para tu bienestar.

Miramos pues que mientras la tierra exista, la Palabra de Dios no cambiará, cielo y tierra pasarán mas su Palabra no pasará.

Hebreos 6 v 7.

Porque la tierra que bebe la lluvia que muchas veces cae sobre ella, produce hierba provechosa a aquellos, por los cuales es labrada, reciben bendición de Dios.

Porque la tierra que bebe, esto mismo es comparado a nosotros como campos espirituales, donde es sembrada la Palabra de Dios, que escucha muchas veces y la retienen y la aplican diariamente les produce abundancia de bendición. Como vimos anteriormente todo lo establecido como ley es la voluntad conocida de Dios; puesta en rigor. Ahora si el hombre las ignora o las quebranta es responsabilidad del hombre y no culpa de Dios que te quedes pobre, enfermo y mueras antes de tiempo. La falta de conocimiento, tanto en las ovejas como en el poco compromiso de los pastores, a llevado a los hijos de Dios al fracaso y a la pobreza extrema en la que hoy miramos al cuerpo de Cristo; siendo sometidos por los intereses creados y tradiciones, que sirven mas a sus propios intereses que a la voluntad de Dios; acondicionando tradiciones y religión, a sus propios intereses, para someter tu mente a sus propias conveniencias logrando adormecerte con dichas creencias falsas cuando Dios te dice: Conoceréis la verdad que te hará libre. Aprende, escucha y aplica a tu vida, la Palabra de Dios.

Marcos 7 vs 6 al 13.

POr eso los fariseos y maestros de la ley dijeron a Jesús ¿Por qué tus discípulos no respetan la tradición de los ancianos sino que comen con las manos impuras? Jesús les contestó, que bien salvan ustedes las apariencias, con justa razón profetizo de ustedes Isaías cuando escribía: este pueblo me honra de labios, pero su corazón esta lejos de mi. El culto que me rinden de nada sirve, las doctrinas que enseñan no son más que mandamientos de hombres.

Ustedes descuidan el mandamiento de Dios por aferrarse a tradiciones de hombres. Y continúa así: Ustedes dejan tranquilamente a un lado el mandamiento de Dios por imponer su propia tradición que se trasmiten, pero que es de ustedes. Ustedes hacen además muchas cosas mas como estas.

En nuestros tiempos la mayoría de las personas están más apegadas a las costumbres del mundo y casi nadie reconoce la Palabra de Dios como una ley inmutable; y piensan que ya está anulada, no se dan cuenta que cielo y tierra pasaran, mas la Palabra de Dios vivo permanece para siempre. No sigas tradiciones de hombres busca tu verdad, instrúyete, en la Palabra de Dios.

## Haciendo un Nuevo Pacto con Dios.

Y esta es la alianza que pactaré contigo.

Mi Espíritu que ha venido sobre ti.

Haciendo un nuevo Pacto con Dios.

Isaías 59 v 21.

Por lo que ha mi toca dice Jehová: este es el pacto

Que hago contigo. Mi Espíritu que está en ti y mis Palabras que puse en tu boca, no se alejaran de tu boca, ni de la boca de tus hijos, ni de la boca de tus nietos; desde ahora y para siempre.

Yo Jehová lo afirmo.

# Un Nuevo Pacto con Dios.

Dios Padre en su infinita soberanía, estableció leyes que para el hombre, son inmutables. Él ya quiso mostrarnos una voluntad y la dejó establecida en su libro de la ley que es la Biblia; por medio de la cual asentó un pacto con el hombre que quiera por voluntad propia apegarse a su palabra ; no obliga a nadie, ni a seguirlo, ni a aceptarlo; nos deja el derecho de decidir y de someternos a dicha ley por libertad de albedrío, por cierto que no es la falta de conocimiento, ni nuestras costumbres, las que definirán como una verdad el crecimiento espiritual; sino el seguir al pie de la letra su Palabra. Su ley no puede ser alterada ni por Dios mismo.

Ezequiel 36 vs 22 al 38.

D Ice Jehová: no hago esto por tenerles lástima a ustedes, sino para salvar el honor de mi nombre, que a causa de ustedes ha sido despreciado en todas las naciones donde han llegado. Yo mostraré la santidad de mi gran nombre, que ustedes han profanado. Y las naciones sabrán que Yo Jehová cuando manifieste mi santidad a la vista de ellas; los recogeré y reuniré y los conduciré a su tierra. Derramaré sobre ustedes agua purificadora y quedarán purificados; los purificaré de toda mancha y de todos sus ídolos. Les daré un corazón nuevo, les pondré dentro de ustedes un espíritu nuevo. Les quitaré del cuerpo el corazón de piedra y les pondré un corazón de carne. Infundiré en ustedes mi Espíritu para que vivan según mis mandamientos, que observen mis leyes y las pongan por práctica, vivirán en el país que yo di a sus padres, ustedes serán mis hijos y yo seré su Dios.

Los libraré de todas sus impurezas, llamaré al trigo y brotará en abundancia; multiplicaré los frutos de los árboles y los productos de los campos ya no serán humillados por hambre. Entonces se acordarán de su conducta y de sus malas acciones, se avergonzarán de ustedes mismos debido a sus culpas, y a sus crímenes sépanlo bien dice el Señor; que no es por ustedes que hago esto. Tengan vergüenza y sonrójense por su conducta; el día que los purifique de sus pecados, haré que se repueblen las ciudades y sean reconstruidos sus muros. La tierra arrasada será nuevamente cultivada después que todos la hayan visto abandonada. Incluso dirán esa tierra que estaba abandonada se ha vuelto el Jardín del Edén, las ciudades abandonadas y en ruinas tienen ahora muros y están pobladas. Sabrán que Yo reconstruí lo que estaba demolido; volví a plantar lo que había sido arrasado. Yo Jehová lo digo y lo haré. Les concederé además esto a las oraciones de la casa de Israel; multiplicaré entre ellos a los hombres, tanto como a los animales en las ciudades otrora en ruinas, los hombres serán numerosos como las ovejas; como el rebaño de animales consagrados con ocasión de las grandes asambleas, entonces sabrán que yo soy su Dios.

Como el mismo lo afirma en su Palabra que lo que ya dejó establecido una vez, no lo cambia por amor a Él mismo; lo respeta porque ha jurado por su Nombre, puro y santo, por lo tanto es inalterable; no cambiará ni por nada ni por nadie, ni circunstancias, ni religiones, ni creencias, ni pedidos, ni razones, ni lamentos. Para caminar en sus promesas primero tenemos que conocerlas, estudiarlas, aplicarlas y vivirlas.

1 A Corintios 10 vs 13 al 18.

Nosotros en cambio no pasaremos la medida cuando defendamos nuestra autoridad, pues respetaremos la medida que nos fijó Dios; que todo lo mide bien, al hacernos llegar pues somos los que le llevamos el evangelio de Cristo.

No llegamos con grandes pretensiones a donde otros han trabajado. Al contrario esperamos que mientras mas crezca su fe, también nosotros crezcamos gracias a ustedes, según nuestra propia pauta. Quiero decir que llevaremos el evangelio más allá de ustedes en vez de buscar fama donde el trabajo ya está hecho que es la pauta de otros. El que se gloríe, gloríese en el Señor.

Pues no queda aprobado el que se recomienda a si mismo, sino aquel a quien le recomienda el Señor. No podemos olvidar que este pacto nos acarrea los beneficios que ya Cristo recuperó para nosotros, los que le creamos y apliquemos estos mandatos, tampoco podemos ignorar que todos estos beneficios los obtuvimos gracias a Cristo Jesús; y que la fe de los profetas trajo al conocimiento nuestro.

Hebreos 10 v 16.

Esta es la alianza que pactaré con ellos en los tiempos que han de venir. Pondré mis leyes en su corazón y las grabaré en su mente no volveré a acordarme de sus errores, ni de sus pecados.

Si te diste cuenta el Padre tiene además de maravillosas promesas también, grandes planes para que sus hijos seamos prósperos quizás tu solo conocías el plan de salvación y creías que allá en el cielo disfrutarías de paz y tranquilidad; aquí te estas dando cuenta que es en la tierra donde si sigues su ley puedes prosperar y ser feliz, que tenemos aparte de salud, prosperidad, paz, y felicidad; promesa de vida eterna.

Salmo 91 v 16.

Alargaré sus días como lo desea y haré que pueda ver mi salvación.

Para recibir de Dios, primero debemos aprender y conocer como actúan sus leyes, meditar como aplicarlas, a nuestro diario vivir, creer por fe que en el momento que pedimos obtenemos una respuesta a cada petición dando tiempo para que se manifieste materialmente, dando gracias al Padre por todos sus beneficios, declarando su Palabra día a día. Quiero compartir contigo como comencé yo a poner en practica, y como me ayudó personalmente la Palabra a abrirme a la prosperidad. Este fue el primer versículo que inicié declarando:

Filipenses 4 v 13.

Todo lo puedo en Cristo Jesús que me fortalece.

Recuerdo que empecé a repetirlo muchas veces y de tanto decirlo formó parte de mi vida, y pasé de decirlo a creerlo, y de creerlo a actuarlo. Cuando me di cuenta que todo lo puedo en Cristo que me fortalece, me sentí en una dimensión ilimitada, conocí una verdad que me estaba abriendo el camino a la libertad.

Después seguí declarando:

Filipenses 4 v 19.

Mi Dios suple todo lo que me pueda hacer falta conforme a sus riquezas en gloria en Cristo Jesús.

Y dije, si todo lo puedo en Cristo y el Padre, suple todo lo que falta; ¿Qué estoy haciendo **yo** para salir adelante? Fue el principio de activar la medida de fe que en Cristo Jesús me había sido dada, la semilla que había sembrado en mi espíritu estaba comenzando a brotar y manifestarse como un deseo de ser alguien.

Me estaba llenando de fe al creer en estos dos versículos tan simples, y estaba actuando en ellos, continué con una mentalidad distinta a la que antes tenía, surgió en mi una seguridad, y me propuse hacer algo productivo llenándome y conociendo cada día un versículo mas de la Palabra que unía a los que ya conocía, y los declaraba.

Vino Marcos 11 v 24.

Todo lo que pidieres orando, cree que lo recibisteis y lo tendrás.

Pedí al Padre talento y conocimiento para ser prosperada, con la firme convicción que me sería dado todo lo necesario para lograr mi meta, continué recibiendo instrucción escuchando cada día Palabra de Dios. Y pensaba y preguntaba al Padre, ¿Por qué son tan pocos los que logran el éxito, si todos podemos lograrlo? Si tu Palabra dice que en tu mano está el hacer grande y el poder. El Señor respondió a mi pregunta en:

1 De Reyes 2 vs 2 y 3.

Esfuérzate…guarda los preceptos de Jehová tu Dios, andando en sus caminos y observando sus estatutos y mandamientos, sus decretos y sus testimonios; para que prosperes en todo lo que hagas y en todo aquello que emprendas.

Como nos dice este versículo, nosotros tenemos que comenzar a esforzarnos y caminar en su Palabra, para que se manifiesten todas estas bendiciones en nuestras vidas. El Padre establece un pacto con quien siga estas directivas, se esfuerce y aprenda a poner en práctica cada una de sus Palabras. Yo te invito a que pruebes igual que yo; si estas palabras son verdad siguiendo al pie de la letra conforme nos dice y confirmes de ahora en adelante un pacto con mi Padre; estoy segura que no te arrepentirás jamás de haberlo hecho. En Deuteronomio 8 v 18.

Sino acuérdate del Señor tu Dios, porque el es quien te da el **poder** para hacer las riquezas, a fin de confirmar su pacto contigo.

¿Quieres confirmar tu pacto con Dios?. Bien en la siguiente página te doy un norte como hacerlo; adelante y gracias por creer a mi Padre en sus Palabras de vida eterna.

*Pacto de Prosperidad.*

*Yo ------------------- Hago mío el Pacto de Prosperidad con Dios. Y me comprometo a diezmar las primicias de todos mis bienes siempre.*

*También de guardar otra decima parte de cada dinero que reciba en mis manos, sin importar la cantidad que sea.*
*Y después que tenga una cantidad considerable la pondré a trabajar, para recibir el rendimiento que yo espero de el.*
*Prometo cuidar en lo que invierto y de ayudar a otros a que aprendan a superarse conforme a este pacto.*

*Prometo comenzar a ahorrar la décima parte de todas mis ganancias, después de diezmar y ofrendar para la obra de Dios.*
*Prometo controlar todos mis gastos y mis gustos.*
*Prometo hacer que mi dinero rinda al máximo.*
*Prometo proteger mi dinero de pérdidas.*
*Prometo aumentar mi conocimiento para hacer producir mis ganancias.*
*Prometo asegurar un ingreso para el futuro.*
*Prometo respetar las leyes de Dios por siempre y cumplir con mi pacto conforme a la Palabra de Dios en:*
*Salmo 89 vs 21 al 37.*
*Así la prosperidad acudirá fácilmente a mi vida conforme a las promesas aquí escritas según la ley de Dios.*
*Utilizaré el dinero sabiamente y daré buen uso de el para que sea multiplicado conforme a:*
*2 De Crónicas 1 v 12.*
*Sabiduría y ciencia te son dadas; también te daré riquezas bienes*

y honra.

Permaneceré bajo protección divina siguiendo los consejos del Padre en: Isaías 48 v 17.

Yo Soy Dios tuyo que te enseña provechosamente, que te encamina por el camino que debes de seguir.

No utilizaré el dinero en malos usos como: juegos, apuestas, o despilfarros en vicios.

Proverbios 21 v 17.

Hombre necesitado será el que ama el deleite: el que ama el vino y los ungüentos no se enriquecerán.

Trabajaré diligentemente poniendo en práctica todos los consejos para producir ganancias conforme al pacto aquí descrito.

Salmos 112 v 3.

Bien aventurado el hombre que honra a Dios y en sus mandamientos se deleita en gran manera, bienes y riquezas hay en su casa y la justicia permanece con el para siempre.

Creeré fielmente en estas promesas y las pondré por obra.

Proverbios 3 vs 9 y 10.

Honra a Jehová con tus bienes y con las primicias de todos tus frutos: y serán llenos tus graneros con abundancia y tus lagares se rebosarán de semillas.

Salmos 37 v 18.

Conoce Jehová los días de los perfectos, y la heredad de ellos será por siempre.

No serán avergonzados en el mal tiempo: y en los días de hambre serán saciados...

*Algunas Promesas Bíblicas.*

*Bien aventurado el hombre que honra a Jehová y en sus
mandamientos se deleita en gran manera.
Su descendencia será poderosa en la tierra;
la generación de los rectos, es bendita.
Bienes y riquezas hay en su casa y su justicia
permanece para siempre.*

# Algunas Promesas de Dios.

Tu crees que si Dios Padre está en desacuerdo con la prosperidad, El Espíritu Santo hubiera inspirado todas estas citas en las que te muestro cual es la perfecta voluntad del Padre para con nosotros sus hijos. Si la prosperidad fuera mala, el Padre no permitiera nunca que nosotros nos diéramos cuenta de esta verdad; sin embargo no nada mas a permitido, sino que Él mismo nos muestra como salir adelante y prosperar, siguiendo las directivas que nos descubren en cada una de sus promesas, para que sea cumplida en todos aquellos que nos esforcemos en seguirlas. Es más; el deseo del Padre es que seamos prosperados y que entendamos que su perfecta voluntad es que existe una forma de alcanzarlas, porque ya son nuestras. Como nos muestra en

3 De Juan 2.

Amado Yo deseo que seas prosperado, en todas las cosas, que tengas salud en abundancia así como prospera tu alma.

Te fijaste que es el deseo del Padre que estés prosperado en todas las cosas materiales, físicas, y espirituales; tienes que considerar que es el deseo del Padre que esa prosperidad que existe en el mundo es para sus hijos y no para los hijos del diablo como se esta mirando, en todos los transgresores de la ley. Los grandes hombres de fe que eran únicamente siervos de Dios, como Abraham, Isaac, Jacob, José, David y hasta Job que no se caracterizó precisamente por ser de mucha fe fueron todos hombres extremadamente ricos. Es verdad que muchos han sido destruidos por la codicia, más no por el dinero, fue el amor desmedido hacia sus posesiones y no sus fortunas los que los destruyeron.

En 1 de Crónicas 29 v 12.

Las riquezas y la honra proceden de ti, tu dominas sobre todo, en tu mano está la fuerza y el poder. El dar poder a todos.

Medita lo que dice esta escritura:

Deuteronomio 28 vs 1 al 15.

A Contecerá que si oyeres atentamente la voz de Jehová tu Dios para guardar y poner por obra todos los mandamientos que yo te prescribo hoy; también el Señor tu Dios te exaltará sobre todas las naciones de la tierra. Y vendrán sobre ti todas estas bendiciones y te alcanzarán, si oyeres la voz de Jehová tu Dios.

Si oyeres la voz de Jehová tu Dios: es un requisito el oír su voz, guardar y poner por obra todo lo que dice en su Palabra.

Mateo 6 v 33.

B usca primeramente el reino de dios y su justicia, y todas estas cosas te serán añadidas.

1 De Reyes 2 vs 2 y 3.

E sfuérzate, guarda los preceptos de Jehová tu Dios andando en todos sus caminos y observando sus estatutos y mandamientos, sus decretos y sus testimonios, para que prosperes en todo aquello que hagas y emprendas.

Job 36 v 11.

S i oyeres y le sirvieres, acabaran tus días en bienestar y tus años en dicha.

Romanos 8 vs 16 y 17.

E l Espíritu mismo da testimonio a nuestro espíritu, de que somos hijos, y si hijos también herederos; y coherederos con Cristo.

2 a Corintios 9 v 11.

Para que estéis enriquecidos en todo y para toda liberalidad.

3 De Juan 1 v 2.

Amado yo deseo que seas prosperado en todas las cosas, y que tengas salud en abundancia, así como prospera tu alma.

Salmo 35 v 27.

Sea exaltado Jehová, que ama la prosperidad de sus hijos ( estamos bajo mejores promesas en el nuevo pacto).

Lucas 18 v 27.

Lo que es imposible para los hombres es muy posible para Dios.

Salmos 34 v 10.

Los que buscan a Jehová no tendrán falta de ningún bien

Proverbios 11 v 25.

El alma generosa, es prosperada; el que saciare, también será saciado.

Marcos 9 v 23.

Jesús les dijo: si puedes creer, al que cree todo le es posible.

Gálatas 4 v 7.

Así que ya no eres esclavo, sino hijo, y si hijo también heredero de Dios por medio de Cristo Jesús.

Proverbios 19 v 17.

A Jehová presta el que da al pobre, y el bien que ha hecho se lo volverá a pagar.

Proverbios 21 v 17.

H Ombre necesitado será el que ama el deleite, y el que ama el vino y los ungüentos no se enriquecerá.

Josué 1 v 8.

N o se aparte de tu boca este libro de la ley, de día y de noche meditarás en el para que guardes, y hagas conforme a todo lo que en el está escrito; porque entonces harás prosperar todos tus caminos y todo te saldrá bien.

Proverbios 10 v 24.

P ero a los justos les será dado todo lo que desean.

Marcos 11 v 24.

T odo lo que pidieres orando, creed que ya lo recibisteis por fe y vendrá.

Hay cosas que ya nos fueron dadas y tienes que demandar que sean manifestadas, como salud, prosperidad, la libertad de ser hijos y herederos; por tanto esto se demanda en el Nombre de Jesús; y no se pide; a la enfermedad se le llama por el nombre que tenga ejemplo: espíritu de lupus en la autoridad de Jesús yo te ato, de derribo, te destruyo, y te desarraigo de este cuerpo ahora mismo, te ordeno que salgas de el. En seguida llamas vida y salud al cuerpo de la persona por la que estás orando y bendices cada célula en el nombre de Jesús y ordenas al cuerpo que trabaje perfectamente como fue diseñado.

2 A Corintios 1 v 20.

Porque todas estas promesas de Dios ya nos fueron dadas en Cristo Jesús y en nosotros se manifiestan para la gloria de Dios.

Entendiste que ya son nuestras y que están allí para que las reclamemos conforme a la autoridad en Cristo Jesús.

Gálatas 3 v 26.

Pues todos sois hijos de Dios por la fe en Cristo Jesús.

Juan 14 v 14.

Si algo pidieres en mi Nombre al Padre te será hecho.

Filipenses 4 v 13.

Todo lo puedo en Cristo Jesús que me fortalece.

2 A los Corintios 8 v 9.

Porque ya conocen la gracia de nuestro Señor Jesucristo, que por amor a nosotros se hizo pobre, siendo rico, para que nosotros con su pobreza fuéramos enriquecidos.

Marcos 10 v 27.

Porque todas las cosas son posibles para Dios.

Números 28 v 2.

Manda a los Hijos de Israel con estas palabras, tendrán cuidado detraerme a su debido tiempo mi ofrenda.

Levítico 27 v 30.

El diezmo entero de la tierra, tanto de las semillas como de los frutos de los árboles es de Jehová es cosa consagrada a Él.

Levítico 26 v 3.

Si caminan según mis mandamientos y guardan mis normas poniéndolas en practica, les enviaré las lluvias a su tiempo para que la tierra de su producto y los árboles sus frutos.

El tiempo de trilla alcanzará hasta la vendimia y la vendimia, durará hasta la siembra; comerán hasta saciarse y vivirán seguros en su tierra.

Levíticos 26 v 9.

Yo me inclinaré hacia ustedes, que tendrán numerosas familias y llegarán a ser un gran pueblo; yo mantendré mi alianza con ustedes. Comerán de la cosecha añeja y llegaran a tirar la añeja para dar cabida a la cosecha nueva. Vendré a convivir con ustedes y ya no los miraré mal, me pasearé en medio de ustedes, y serán mi pueblo.

Yo Soy Jehová Dios de ustedes que los saqué de la tierra de esclavitud, para que no sean esclavos de satanás, rompí el bastón de mando de su opresor para que salieran con la cabeza en alto.

Quiero que sigas leyendo en tu Biblia las maldiciones que Dios permite si tú no cumples (ojo) te fijaste que dije que Dios permite y no que Dios te manda?. Todas las maldiciones se las acarrea el hombre que desobedece la ley de Dios y el **no puede hacer nada por ti porque tu decides y el no puede intervenir a menos** que tu, te sometas a sus leyes y cambies ; el te advierte en su palabra que te puede pasar, al final quien decide eres tú.

Números 6 v 24.

Dios te bendice y te guarda, hace resplandecer su rostro sobre ti. Y te concede lo que pidas, está su mirada sobre ti y te da paz.

Juan 8 v 36.

Si el hijo os da la libertad sois realmente libres.

Hebreos 11 v 6.

Pero sin fe es imposible agradar a Dios; porque es necesario que el que se acerca a Dios crea que le hay, y que es galardonador de los que lo buscan.

1 De Juan 2 vs 23 al 25.

El que niega al hijo también niega al Padre; y quien reconoce al hijo reconoce al Padre. Que permanezca en ustedes lo que oyeron desde el principio, también ustedes permanecerán en el Hijo y en el Padre. Esta es la promesa que Dios mismo prometió. La vida eterna.

1 De Juan 2 vs 15 al 17.

No amen al mundo ni lo que hay en el mundo. Si alguno ama al mundo en ese no está el amor de Dios. Pues la corriente del mundo es codicia de hombre carnal, ojos siempre ávidos y gente que ostenta superioridad. Eso no viene de Dios, sino que viene del mundo; pasa el mundo y su codicia, mas el que hace la voluntad de Dios permanece para siempre.

Salmo 119 vs 89 y 90.

P ara siempre, oh Jehová es tu misericordia y permanece para siempre tu Palabra en los cielos; de generación en generación es tu fidelidad.

1 De Pedro 1 v 25.

M as la Palabra del Señor permanece para siempre.

1 De Reyes 8 v 56.

N inguna Palabra de todas tus promesas expresadas por Moisés a faltado.

Romanos 1 v 17.

C omo esta escrito; mas el justo por su fe vivirá.

Si te diste cuenta en este versículo nos muestra una verdad muy grande: El justo por su fe, y no por su creencia, denominación, religión, o raza vivirá, sino por su fe en la Palabra de Dios.

Sirácides 1 v16.

T eme al Señor esa es la sabiduría perfecta. Ella te saciará de sus frutos; llenara tu mansión de cosas deseables y amontonará sus riquezas en tus despensas.

Sirácides 1 v 26.

S i deseas la sabiduría, cumple los mandamientos, y el Señor te la dará.

Sirácides 2 v 16.

Los que temen al Señor, buscan complacerlo, y los que le aman se llenan de su ley.

2 De Reyes 4 v 43.

Así dice Jehová; comerán todos y sobrará.

Hageo 1 v 6.

Ustedes siembran mucho y cosechan poco, comen pero no se satisfacen, beben pero no llegan a saciarse, se visten pero no logran abrigarse y al jornalero se le va por saco roto su salario.

V 9. Ustedes esperan mucho pero cosechan poco; lo que almacenan en sus casas se **disipa como soplo, por cuanto han desobedecido la ley.**

Proverbios 12 v 11.

El que cultiva la tierra se hartará de pan, el que persigue ilusiones es un insensato.

Proverbios 3 vs 13 al 16.

Feliz el hombre que ha hallado sabiduría, dichoso el que adquiere la inteligencia, mejor es poseerla que tener plata: el oro no procura tantos beneficios ni existe perla mas preciosa, y nada de lo que codicias se le puede comparar, con una mano te da larga vida y con la otra riquezas bienes y honores.

Proverbios 8 v 17.

Quiero a los que me quieren y me dejo encontrar de los que temprano me buscan, me acompañan la riqueza y los honores, el bienestar verdadero y la vida honrada.

Proverbios 9 v 5.

Vengan y coman de mi pan y beban el vino que he preparado. **Dejen lo que no sirve,** y vivirán gracias al saber irán por el buen camino.

Proverbios 12 v 17.

El flojo no tendrá caza que asar, la mejor riqueza del hombre es su actividad. El flojo espera en vano su deseo, pero por el contrario; los trabajadores desean y son colmados.

Proverbios 3 v 5.

Confía en el Señor sin reserva alguna y no te apoyes en tu propia; reconócelo en todos tus caminos y en todas tus empresas, ten presente su ley y Él dirigirá tus pasos.

Pido al Padre con todo mi corazón que entiendas que todas estas promesas son para ti, que creas verdaderamente en ellas y las pongas por obra. Aquí solamente están algunas, si te interesa puedes seguir buscando en tu Biblia, porque son mas de siete mil; es tu responsabilidad encontrarlas y hacerlas tuyas, yo te ayudé a que comenzaras a conocerlas.

La Palabra de Dios nos dice que:

- No se aparte de tu boca este libro de a ley. De día y de noche medita en el, para que hagas prosperar tu camino.

- Esfuérzate y se valiente, no te dejaré ni te desampararé.

- Confía en el Señor sin reserva alguna, y no te apoyes en tu propia prudencia, reconócelo en todos tus caminos.

*Como dio Principio el diezmo.*

*Jehová Dios Plantó un Jardín en*

*Un lugar llamado Edén.*

*Y colocó allí al hombre, para que*

*Cuidase y cultivase la tierra de Edén.*

# Como Dio Principio el Diezmo.

Muchas Personas no creen en el diezmo, ni saben que es el diezmo porque se enseña poco o nada al respecto. El diezmo es la parte que corresponde a Dios de todas tus ganancias, y le pertenecen como tu socio, porque sin su ayuda no podemos lograr nada, ni mantenernos en bendición; no estamos capacitados por nosotros mismos para prosperar. El diezmo el Padre lo dejo establecido para que se expandiera el evangelio por todo el mundo, este es el plan financiero que dejo para dar a conocer su Nombre a todos los confines de la tierra; a nosotros como sus hijos y herederos de todos los bienes, nos corresponde una sociedad con Él; cumpliendo ese pacto Dios se compromete con cada uno que lo cumple, para proteger tus finanzas y que no te las robe el enemigo.

La ofrenda es la parte de la semilla que tu siembras en sus campos para recibir cosecha, tu estableces que tanta semilla sembrar; recuerda que hay varios tipos de campos.

El campo es el lugar donde te congregas a escuchar la Palabra de Dios; tu puedes determinar si estas en un buen campo, dependiendo de la enseñanza que recibes, si te instruyen de acuerdo a la Palabra de Dios o te dan puros argumentos de hombres.

Recuerda que tienes la libertad de elegir donde congregarte, nadie te puede prohibir salirte de un ministerio donde te tengan atado a creencias falsas, doctrinas religiosas, que te opriman en lugar de llevarte a la prosperidad que Dios desea para ti, quiero explicarte lo que quiere decir: **Próspero** = mejora de una situación, curso favorable de las cosas, éxito en todo lo que se emprende. Que se enriquece progresivamente, feliz, afortunado, venturoso. **La palabra progresar es** = experimentar un avance o mejora, que tiene o produce felicidad.

**La palabra feliz es** = a dichoso y dichoso es =a despertador o despierto. **La palabra despertar quiere decir,** interrumpir el sueño de alguien.

Hacer que algo olvidado regrese a la memoria. Hacer que alguien se de cuenta del estado de engaño, en el que vive y recapacite. Producir un sentimiento o deseo de ser; o hacerse mas listo y astuto. Momento en el que se interrumpe **el sueño, o letargo de alguien.** La Biblia nos habla a cerca de personas que tienen que ser despertadas y dice: despiértate tú que duermes de entre los muertos. Un muerto espiritual es aquel que ha sido separado de Dios, esclavo del demonio, un oprimido, una persona que esta atada a algún vicio, promiscuidad, o deseo impuro. El Profeta Oseas demuestra que podemos ser destruidos en el capítulo 4 verso 5 dice:

Mi pueblo perece o muere, porque le falta conocimiento de la Palabra de Dios, y como tu has dejado que se perdiera el conocimiento, Yo también hare que pierdas el sacerdocio. Te has olvidado de mi ley; también yo me olvidaré de tus hijos.

Estas palabras son del Padre para todos los dirigentes que no cumplen con las ordenanzas de la ley de Dios. Dios esta disgustado con los malos Pastores que se rigen mas por las tradiciones de hombres que por su Palabra, y que instruyen a su rebaño, con religiosidad e ignorancia de la Palabra, cuando sus ordenanzas fueron dadas para que sus hijos vivamos la perfecta voluntad que es que seamos prosperados en todas las cosas; ya te explique lo que quiere decir Prospero, tu decides despertar o seguir durmiendo en la celda de mentiras que estas por no confiar en Dios y creer mas lo que un hombre ignorante te diga que lo que dice Dios de ti. La falta de conocimiento de Dios te acarrea maldiciones que tu no entiendes y culpas en tu ceguera a Dios de todo lo que pasa, cuando somos nosotros mismos los responsables de eso; por seguir tradiciones sin preguntarnos y buscar por nosotros mismos si estamos en lo correcto o no. Dios no nos dio una conciencia colectiva como tu piensas, sino que nos dio una mente individual para que cada uno se comunique con Él conforme a lo que Dios tiene para cada cual.

La palabra de Dios dice que el justo por su fe vivirá, y todo lo que desees recibir de Dios, se va a manifestar por tu fe; cada una de las leyes fueron hechas para que se cumplan y hay formas para activarlas y manifestarlas; todo es por tu fe.

Isaías 48 v 17.

Yo Soy Dios tuyo que te enseña provechosamente, que te encamina por el camino que debes de seguir.

En otro versículo nos dice que no te apoyes en tu propia prudencia, que de entre todas tus posesiones adquieras sabiduría. Nuestra mente esta acostumbrada a escuchar una verdad disfrazada conforme le conviene al mundo; pero el mundo entero yace en el poder del maligno, que vino a robarte, matarte, destruirte todo lo que el Padre tiene para ti.

Romanos 12 v 2.

No os conforméis a este mundo, sino transfórmate por medio de la renovación de tu entendimiento; para que compruebes cual es la buena voluntad de Dios, la agradable y la perfecta.

Se te esta diciendo que Dios tiene tres grados distintos de vida para que los puedas ir logrando, la buena voluntad es cuando entras al reino, la agradable es cuando estas aprendiendo, la perfecta es cuando actúas, demandas y recibes todo lo que pidas.

La perfecta voluntad de Dios fue establecida por el mismo desde el principio y dada a conocer al hombre en Adán; quien la entregó en manos de satanás; y es al hombre a quien corresponde reclamarlas de nuevo, porque ya Cristo pagó un alto precio por nuestra libertad; todas las promesas hechas a Abraham ya están cumplidas en Cristo Jesús y ese pacto es nuestro por herencia legal como descendientes de Él.

Yo creo que somos herederos de esas promesas y ese pacto, el mismo Abraham; cumplió con ese pacto aproximadamente 400 años antes de la ley Mosaica, por tanto no viene bajo la ley sino bajo una ley superior.

Génesis 14 vs 19 y 20.

Melquisedec bendijo a Abraham diciendo: bendito seas del Dios Altísimo, porque entregó en tus manos a tus enemigos. Y Abraham le dio la décima parte de todo lo que llevaba. Melquisedec fue una sombra tipo y figura de Jesús, como te estas dando cuenta el diezmo no pertenece a ley Mosaica, por tanto no es bajo ley, sino bajo gracia que debemos pagarlo.

El diezmo dio principio el mismo día que Adán fue puesto en el huerto de Edén. Huerto = a lugar de riego =campo sembrado; del cual se espera o demanda un fruto. Piensa que Dios Padre puso al hombre en este campo sembrado, para que lo cuidara **del enemigo,** esperando recibir un buen fruto del hombre, la palabra colocó se define como dio un empleo, Adán fue puesto en el huerto para que cuidara y labrara el huerto de Dios.

En Génesis 2 v 15. Comienza la historia.

Jehová Dios, puso al hombre en el huerto para que lo cultivara y lo cuidara ( anteriormente te explique lo que quiere decir cultivar). Dios le dio al hombre un mandamiento, y le dijo: de todos los árboles del huerto puedes comer menos del árbol de la ciencia del conocimiento del bien y del mal, no comerás. Porque el día que de el comas ciertamente ten la seguridad que siendo separado de mi que soy tu fuente de vida; vas a caer en las garras del demonio donde serás un esclavo, en los campos de concentración del gobierno del mal. Te explico de esta manera este verso para que lo entiendas mejor. Aquí el Padre estaba poniendo toda su creación en las manos del hombre y su descendencia, pero dando también una orden y una advertencia de lo que podía pasar si el hombre desobedecía a Dios. Esta ley no a cambiado Cristo Jesús trajo la libertad a todo el que la quiera esa es la buena nueva del reino. Tu solo la recibes y decides seguir sus pasos para ser libre, decides tu igual que Jesús decidió obedecer al Padre y pagó un precio muy caro por ti y por mí. La decisión y el dominio sobre el diablo lo tienes tú en Cristo Jesús al creer y declarar que Jesús es el Señor de tu vida, al igual que Adán somos administradores de la herencia que como cuerpo de Cristo poseemos aquí en la tierra; y que es para ayudar al Padre a traer mas personas a poseer su reino. Adán se sintió dueño absoluto de lo que debía administrar y por codicia cayó en el engaño del diablo, no hizo lo que Dios le ordenó que hiciera y cayó en el dominio de satanás y perdió su lugar y su herencia.

Dios estaba dando una orden, del árbol del conocimiento del bien y del mal no comerás; había un peligro si Adán comía ese árbol; era la parte de Dios y solo a Dios correspondía el fruto de ese árbol, el hombre no estaba capacitado para comer de el. Solo a Dios corresponde el juicio de lo que es bueno y de lo que es malo, y te voy a decir así para que entiendas: al sentir que tenía dominio sobre toda cosa creada Adán metió sus narizotas en los asuntos que solo a Dios corresponden y quiso el jugar a ser juez de todo lo establecido; cuando el único Juez es Dios.

Aquí Adán ejerció su libertad de albedrío, y a causa de eso entró la muerte espiritual a reinar en la tierra; pasando toda la humanidad a ser esclavos del demonio. Si el Padre nos da todo es justo que respetemos su palabra, porque su Palabra es vida, no lo digo yo sino Cristo Jesús dice así. Yo Soy el camino la verdad y la vida eterna, el que crea en mi no morirá sino que vivirá de vida eterna. Cristo Jesús es la Palabra del Padre hecha carne para que se renueve el pacto que Adán rompió y fue establecido en Cristo para todo aquel que en Él crea tenga vida eterna (el justo por su fe vivirá).

La palabra redimidos en el hebreo quiere decir reinstalados bajo mejor posición. Como te puedes dar cuenta todo aquel que en Él crea, pasa de muerte a vida, y de esclavo a libre, y de hijo a heredero juntamente con Cristo Jesús. ¿Te sientes tú capacitado para recibir tu herencia que como hijo te corresponde?

Busca Gálatas 4 vs 1 al 7.

Medita bien sobre este versículo hasta que lo entiendas, y cuando madures puedes reclamar la herencia que como hijo tienes esperando para ti.

El hijo maduro ama y respeta a su Padre.

El hijo maduro habla bien de su Padre.

El hijo maduro trabaja en los asuntos de su Padre y le ayuda a acrecentarlos porque es parte de su trabajo. Con esto te dejo bastante en que pensar para que puedas ser merecedor de la herencia que como hijo te está esperando para que goces a plenitud de ella.

Deuteronomio 29 v 9.

Guardareis las palabras de este pacto y las pondréis por obra para que prosperes en todo lo que hagas y emprendas.

Se necesita completa obediencia y fe en su Palabra para prosperar.

Proverbios 3 vs 5 y 6.

Fíate de Jehová de todo tu corazón y no te apoyes en tu propia prudencia; reconócelo en todos tus caminos, y el enderezará tus veredas.

Nuestro Padre pide honra y respeto a su Palabra a cambio de eso nos da todo cuanto pidamos. ¿ Que pensarías tu de un socio que te de el 10% de las ganancias y se quede con el 90% para el, mas aún que ni siquiera te pague a ti el 10% que te corresponde?.

Sabías que eso es lo que han estado haciendo todos los hombres que no pagan el diezmo a Dios?.

Malaquías 3 vs 8 al 11.

Están malditos, pobres y enfermos porque no cumplen el pacto que yo hice con ustedes para prosperarlos y prefieren seguir así por su codicia y no respetan mi Palabra por eso malditos están con una maldición que es consecuencia de su desobediencia a mis leyes.

Pero prueben que lo que digo en mi Palabra es cierto y yo abriré las puertas del cielo y derramaré bendición para ustedes hasta que sobre y abunde. Como ves el Padre no esta obligado a prosperar a alguien que renuncie a su pacto, que es un ladrón de la parte que le corresponde a quien todo te lo da a manos llenas. Esto fue lo que hizo Adán por su desobediencia quiso disponer de la parte que solo a Dios correspondía; y por codicia cayó en las garras de satanás y perdió el derecho entregando al mundo en poder y dominio del enemigo de Dios. Entrando así la muerte espiritual sobre toda la tierra dando principio a lo que causó la desobediencia, la separación del hombre espiritualmente hablando con Dios. Trayendo como consecuencia la destrucción y manifestándose lo que ahora llamamos actos del pecado que son: enfermedad, pobreza y muerte física a causa de la muerte espiritual o separación de Dios. Por la desobediencia entro el pecado y la desunión del hombre con Dios, y los resultados comenzaron a verse en el cuerpo físico, aunque era el cuerpo espiritual el que sufría la pérdida, lo cual originó la devastación del hombre. Logrando satanás el dominio total sobre todo lo creado hasta la venida de Cristo Jesús a la tierra para restaurarnos el poder que como hijos y herederos poseemos en Cristo Jesús (siempre y cuando sepamos reclamarlo y conservarlo).

En Génesis 2 v 7.

Entonces Dios planto un jardín y colocó al hombre que había formado, Dios hizo brotar de la tierra toda clase de árboles agradables a la vista y buenos para comer.

**El árbol de la vida** estaba para nutrir el espíritu del hombre.

**El árbol de la ciencia del bien y del mal** ( la parte que solo a Dios correspondía en su juicio como ejerciendo su Señorío).

**Toda clase de árboles frutales.** (para que alimentara el cuerpo carnal).

**Estos tres tipos de árboles los creó Dios,** para provecho nuestro y son indispensables hasta el día de hoy.

- El árbol de la vida; de este árbol, se nutría Adán espiritualmente y mantenía una comunión con Dios. Este mismo árbol esta destinado para todos los vencedores que nos habla el libro de Apocalipsis 2 v 7. Y es para todos los que logremos estar en el paraíso al final de los tiempos.

- Todo tipo de árboles frutales de los cuales nutría su cuerpo, tenía todo lo necesario para vivir tranquilamente trabajando en el huerto y administrando el negocio que Dios Padre puso en sus manos y que puede ser tuyo si obedeces a sus mandamientos.

- Del árbol de la ciencia del bien y del mal, solo a Dios correspondía ejercer derechos sobre el. Era la parte de Dios en el pacto con el hombre; solo a Dios concernía el juicio sobre el bien y el mal, y el dominio del mismo, sin embargo Adán traspasó el pacto atrayendo la maldición que el Padre le había advertido anteriormente cuando le dijo: el día que de el comas ciertamente muriendo espiritualmente vas a morir físicamente. Es el hombre el responsable de todas las calamidades que hay sobre la tierra, ya que Dios no cambia su Palabra, pero el hombre si falta a su pacto dando lugar una vez mas a que el demonio se enseñoree de tu herencia, esto es porque tu en tu independencia dejas que te roben tu bendición, ya sabes que es responsabilidad tuya y no de Dios lo que te pase de hoy en adelante tu decides. Espero que comiences a honrar al Padre obedeciendo y declarando la Palabra que poco a poco incluyas en tu vida, dando el 10% que corresponde como socio y ofrendando generosamente de la semilla que te dará a ti las riquezas.

2 A los Corintios 9 v 10.

Y aquel que da semilla al que siembra, y pan al que come, aumentará los cultivos, y hará que ustedes produzcan una abundante cosecha de justicia, serán enriquecidos en todo sentido para que en toda ocasión puedan ser generosos en acciones de gracia hacia Dios.

Como ves tienes que conocer a perfección su Palabra con una verdadera revelación. Para esto se nos dice que escudriñemos su Palabra, para que renovemos nuestro entendimiento; y que declaremos esta palabra, pero sobre todo que creamos lo que el Padre nos dice en sus promesas y se cumplan en nosotros y el precio que Jesús pagó por nosotros no sea vano. Considera que si el Padre, no olvidó a todos los del antiguo testamento y les dio una oportunidad, a pesar de estar bajo la ley, mucho menos se olvida de nosotros los que estamos en el nuevo pacto, en la dispensación de la gracia, y que tenemos la bendición de ser llamados hijos de Dios.

Hay dos principios bíblicos para activar las leyes de prosperidad y son estos: diezmos y ofrendas, no más.

Deuteronomio 29 v 9.

Guardareis pues las palabras de este pacto y las pondréis por obra, para que prosperes en todo lo que hiciereis.

Malaquías 3 v 10.

Traed todos los diezmos al alfolí y haya alimento en mi casa, y probadme ahora en esto, si no abriré las puertas de los cielos y derramaré bendición sobre vosotros hasta que sobre y abunde.

El alimento al que se refiere aquí es tu diezmo y ofrenda en la congregación, como su casa, para que nunca sea escaso el dinero para financiar el evangelio.

Y te reta para que hagas lo que te dice y compruebes que no miente que su Palabra es verdad.

El principio financiero de Dios es el diezmo y la ofrenda para que el Evangelio del Reino sea predicado por todo el mundo y sean liberados los que aun están cautivos por la ignorancia y la falta de conocimiento en la Palabra de Dios.

Mateo 6 v 36.

Mas busca primeramente el reino de Dios y su justicia y todas estas cosas te serán añadidas.

Proverbios 3 vs 9 y 10.

Honra a Jehová con las primicias de todos tus frutos y de todos tus bienes, y serán llenos tus graneros con abundancia y tus lagares rebosarán de semillas.

Aquí vemos que Dios se alegra cuando obedecemos y le damos el primer lugar. Abel cumplió su pacto con Él, en cambio Caín no dio las primicias de sus frutos y cayó en pecado de codicia, por desobedecer la ley, llegando al grado de matar a su hermano por envidia; cuando fue el mismo quien faltara al pacto. Cosa interesante aquí es la desobediencia de Adán se manifestó en Caín, comenzando a germinar en el la semilla de maldad que había sido plantada en su descendencia. Imagínate nada mas como está arraigada en el mundo esa semilla de mal, y en cuantos no se manifiesta al mirar que a otros les está yendo mejor que a ellos, en sus vidas, en sus trabajos, con sus hijos, con sus matrimonios, con sus negocios y viene esta semilla y crece en los corazones, cuantos son capaces como Caín de matar a sus propios hermanos. No crees que lo mejor es obedecer cada mandato del Padre y llevarlo a la práctica para que nos bendiga, como dice en:

Deuteronomio 28 vs 1 al 15.

AContecerá que si oyeres atentamente la voz de Jehová tu Dios, para guardar y poner por obra todos los mandamientos que yo te prescribo hoy, también el Señor tu Dios te exaltará por sobre todas las naciones de la tierra. Y vendrán sobre ti estas bendiciones y te alcanzarán oyeres y le sirvieres, bendito serás en la ciudad, bendito en el campo, bendito el fruto de tu vientre, el fruto de tu tierra, el fruto de tus bestias, la cría de tus bacas, los rebaños de tus ovejas, bendita tu canasta y tu artesa de amasar, bendito en tu entrar y bendito en tu salir.

Jehová, derrotará a tus enemigos que se levanten contra ti; por un camino saldrán contra ti y por siete caminos huirán delante de ti, Jehová te enviará su bendición sobre tus graneros, y sobre todo aquella en que pusieres tus manos.

Y te bendecirá en la tierra que te ha dado ya por herencia, te confirmará Jehová por pueblo santo suyo como te lo ha jurado. Cuando guardares los mandamientos y anduvieres en sus caminos.

A que te saben todas estas bendiciones ahora que ya lo sabes y las conoces, ya sabes que son para ti, recíbelas, creé, y aplícalas. En alguna ocasión te habías puesto a pensar que tanto nos quiere el Padre; para dar hasta su propio hijo en rescate nuestro?.

Quiero terminar este capitulo con una con una promesa maravillosa por si no te fijaste en ella anteriormente, y dice así:

Levítico 26 vs 9 y 10.

Yo me inclinaré hacia ustedes, que tendrán numerosas familias y llegaran a ser un gran pueblo; yo mantendré mi alianza con ustedes. Comerán de la cosecha añeja y llegarán a tirar la añeja para dar cabida a la nueva.

Vendré a convivir con ustedes y ya no los miraré mal, me pasearé en medio de ustedes y serán mi pueblo.

Yo Soy Jehová Dios de ustedes que los saqué de la tierra de esclavitud, para que no fueran esclavos de satanás, rompí el bastón de mando de sus opresores para que salieran con la cabeza en alto.

No me resta más que decirte que creas estas Palabras y las pongas por obra.

Dios te bendice siempre.

*Que es Servir y que es Poseer.*

*Me estoy Refiriendo a Las Riquezas.*

*Mateo 6 v 24.*

*No Podéis servir a Dios y a las Riquezas.*

Mateo 6 v 24.

No podéis servir a Dios y a las riquezas.

Ninguno puede servir a dos señores, porque odiará a uno y amará a otro No podéis servir a Dios único y poderoso y al dios mammon : poder demoniaco que esclaviza a los hombres y domina sus vidas. Los hace codiciosos, envidiosos, avaros, y malvados, alejados de Dios.

Para comenzar debemos dividir y trazar correctamente la Palabra de verdad, y saber como aplicarla a nuestras vidas para conseguir el resultado rápido y eficaz que deseamos de ella.

En este contexto se esta refiriendo ha servir y no a obtener o poseer las riquezas; claramente nos dice la Palabra: No podéis servir. También Cristo Jesús nos dijo el que no está conmigo, contra mi está, y quien no junta conmigo desparrama.

Definitivamente el poseer riquezas no te excluye de la presencia de Dios, sino por el contrario, la Palabra de Dios te dice lo que tienes que hacer, para tomar posesión de tu herencia como hijo y heredero de Dios, y coheredero juntamente con Cristo Jesús.

Si Dios Padre nos muestra el camino a seguir para conseguir las riquezas es porque ya nos quiso bendecir con todo tipo de bienes para cumplir el pacto que estableció con nosotros en expandir su evangelio.

Como puedes notar hay muchos principios bíblicos que tienes que saber para activar la prosperidad en tu vida.

También entender que son riquezas injustas y que son riquezas justas. Cuales riquezas te acarrean bendición y cuales te traen maldición; y el por que te maldicen, que citas bíblicas te aplican a ti como hijo de Dios, y cuales son aplicadas a los mundanos, e hijos del diablo.

Que citas bíblicas te advierten que hay peligro si desobedeces y cuales te demuestran una voluntad conocida y deseada por el Padre para tu vida.

Este pequeño versículo como la mayoría encierra un sin fin de revelaciones que solo una persona preparada te puede explicar correctamente, para que logres entender con claridad el verdadero significado que tiene.

A lo que se está refiriendo aquí es a la prioridad que pongas a tu trabajo, familia, casa, lujos, vanidades, o ganancias deshonestas. A que pongas más amor a tus riquezas que a recibir la enseñanza de su Palabra. A que tengas mas cuidado de satisfacerte tú, que de honrar a Dios por medio de la obediencia en diezmar y ofrendar como nos manda en su Palabra de acuerdo a:

Sirácides 1 v 16.

Teme al Señor, esta es la sabiduría perfecta. Ella te saciará de sus frutos; llenará tu mansión de cosas deseables y amontonará sus riquezas en sus despensas.

Desde el momento de la resurrección, y el vencimiento a la muerte en Cristo Jesús; todos los que confesamos como Señor de tu vida, somos salvos.

La Palabra sotería en griego es lo que nosotros decimos salvación, siendo esta una palabra múltiple o inclusiva, lo cual quiere decir que incluye muchas cosas en una como: salvación, larga vida, prosperidad, vida eterna, salud, libertad, paz, armonía, tranquilidad.

Se nos había querido hacer creer que salvación era morirte he irte al cielo, dándole un significado casi nulo, y nosotros por falta de conocimiento y pereza espiritual nos conformamos en creer lo que nos dijeron otros. Cuando el verdadero plan de Dios es que tengamos vida en abundancia, restituirnos lo que Adán perdió por desobediencia. Volviendo a que no podemos servir a dos señores a un mismo tiempo es una verdad muy grande pero fíjate muy bien lo que nos dice Jesús.

Juan 10 v 10.

El ladrón solo vino para matar robar y destruir, en cambio, yo he venido para que tengas vida y vida en abundancia y plenitud.

Tan quiso darnos todas esas riquezas que no escatimó ni a su propio hijo, para darnos vida en abundancia. No tengas duda que el Padre te quiere próspero y de larga vida como nos muestra su deseo en:

3 De Juan 1v 2.

Amado yo deseo que seas prosperado en todas las cosas y que tengas salud así como prospera tu alma.

Es el deseo del Padre darnos todas las cosas para que las disfrutemos aquí en la tierra. pero tenemos la obligación, si la obligación de desarrollar nuestra fe y de realizar las obras que nos dejó Jesús como: dar vista al ciego, habla al mudo, liberar cautivos, imponer manos sobre los enfermos, echar fuera demonios, y lo mas importante en este ministerio, expandir el reino de Dios hasta los confines de la tierra. Y para hacerlo necesitamos diezmar, es aquí donde entra el engaño de satanás y quiere poner vendas en tus ojos y hacerte creer que Dios te quiere pobre.

Recuerdas que dijo Jesús? El ladrón que roba, mata, y destruye todo es satanás, y tiene distintos modos de operar.

Como la preocupación, y la ansiedad por querer tener mas dinero haciendo que trabajes hasta los domingos que son los días dedicados al Señor.

Mal manejo de tus finanzas, querer robar la parte que corresponde al Padre de tus diezmos y ofrendas y mantenerte en maldición.

Existe una línea muy delicada entre estos puntos que sin darte cuenta te pierdes en este engaño. La palabra riqueza se define como: voz aramea con que se personifica en la literatura judeocristiana los bienes materiales que esclavizan a los hombres.

Tenemos que mantener un equilibrio entre nuestras necesidades materiales y las espirituales, para esto Jesús nos muestra varios principios como estos:

Busca primeramente el reino de Dios y su justicia y todo lo demás te será añadido.

Dad y se os dará, medida buena apretada y remecida darán en vuestro regazo.

Traed todos los diezmos al alfolí y haya alimento en mi casa, y probadme ahora en esto, dice el señor si no abriré las ventanas de los cielos y derramaré bendición sobre vosotros hasta que sobre y abunde. No se aparte de tu boca este libro de la ley, de día y d e noche medita en el para que hagas prosperar tu camino y todo te salga bien. Honra al Señor tu Dios con las primicias de todos tus bienes y serán llenos tus graneros de semilla.

Este libro fue escrito para que te des cuenta que mi Padre Dios te quiere mas que prospero y que tienes un sin fin de promesas por conocer y reclamar, todas en Cristo son nuestras. Amén.

Si deseas mas información sobre libros o estudios bíblicos escribe a esta dirección.

Alicia G Corrales.

3005 N Bagwell Rd.
Douglas Az 85607.
Informes con el Pastor
Ignacio Hughes. Tel Cel. 520-220-0118.

Si deseas recibir a Jesús como tu salvador por favor
repite esta oración.

Dios estoy delante de ti confesando
Con mi boca que tu hijo Jesús es el Señor de mi vida
De acuerdo a tu Palabra en:
Romanos 10 vs 9 y 10.
Que dice que si confesare con mi boca que
Jesús es el Señor, y creyere con mi corazón;
Seré salvo porque con el corazón se cree
Para justicia, pero con la boca se confiesa,
Para salvación, por tanto yo creo y me declaro salvo.
Ya puedo llamarte Padre y considerarme tu hijo,
Por tanto heredero de todas tus promesas en Cristo Jesús.
Amén.

Padre en el Nombre de Jesús te pido me lleves en el conocimiento
de tu verdad hasta ser realmente libre en tu amor.

La biblia está compuesta de leyendas, y todo lo escrito en ella tiene una razón poderosa; que tu aprendas a caminar en fe sabiendo que el que prometió no dejarte ni desampararte es fiel y no cambia, aquí en la tierra todo está sujeto a un cambio, solo las leyes establecidas por Dios son eternas, tu naces, vives, mueres, y al decir mueres estoy hablando de tu cuerpo físico y no de tu ser espiritual.

Todas las historias son en si interesantes, pero quiero platicarte de una que tiene que ver con las leyes escritas en este libro en particular y se encuentra en:

Eclesiastés 11 vs 1 al 6.

Lanza tu pan sobre las aguas y después de algún tiempo volverás a encontrarlo.

Comparte con siete y aun ocho, pues no sabes la calamidad que puede venir sobre la tierra.

Cuando las nubes están cargadas, derraman su lluvia sobre la tierra, v 6 siembra tu semilla en la mañana y no des reposo por la tarde, pues no sabes nunca cual siembra saldrá mejor, si esta o aquella, o si ambas serán igual de buenas.

Las gentes del antiguo testamento tenían la costumbre de regar su semilla a las orillas del río, cuando iban camino de una parte a otra sin importar que lo que sembraban otros podían participar de su sembrado, y la semilla crecía a lo largo del río.

Recuerda que ellos caminaban y duraban meses para llegar de un lugar a otro y la semilla que sembraban al salir del viaje, la encontraban en espiga al llegar al final de su viaje y de regreso procedían de la misma manera sin importarles quien compartiera su alimento, teniendo lo suficiente siempre sin pasar nadie hambre.

Sembraban sin pensar que otros podían comer del grano que sembraban, esa semilla era compartida por todos los viajeros, pero todos tenían la misma constancia al sembrar. Cuando tu siembres en el reino de Dios, siembra sin pensar egoístamente, hazlo como para Dios y no como para los hombres.

No caigas en el error de muchos al decir que no diezmas porque los pastores se roban tu dinero, para empezar no es tu dinero, sino de Dios como tu socio, el 10 % que corresponde a Dios, y es el que mal administre el dinero de Dios quien de cuentas de eso; a nosotros solo nos corresponde Diezmar y ofrendar a tiempo.

Nos fue dada una sabiduría de lo alto para que podamos reconocer cada tipo de campos. Si donde te congregas no dan un buen fruto a Dios, tienes la libertad de buscar un ministerio donde se administre bien la parte que a tu socio corresponde, dice su Palabra que Él es la vid verdadera y toda rama que no de un buen fruto, será cortada y echada al fuego. También dice que por sus frutos los conoceréis. El ministerio de Palabra de Fe en Douglas; es un ministerio fértil con tan solo cinco años.

Y mi Pastor es un hombre bien bendecido, integro y legal a su Padre Dios, dando a su congregación pruebas palpables, de que su Palabra es verdad; y que funciona para todo aquel que decide creer y obedecer las leyes establecidas por Dios, aplicando a nuestras vidas el conocimiento en la Palabra.

La Palabra de Dios no está presa, y es semilla incorruptible, que a su tiempo, si se siembra y se cuida da un fruto en abundancia y alimenta a siete y aun a ocho. Si se siembra y se procesa .

**Recibe esta semilla en el Nombre de Jesús.  Amén.**

# Epílogo.

Al ver realizado el final de este libro, abre para mí un capítulo, nuevo en la historia de mi fe.

El reto de permanecer firme; ante toda circunstancia, y cada día perseverar hasta ver terminado mi trabajo, me ayudó a madurar en el aplicar toda la enseñanza adquirida a través de la Palabra que a mi Pastor Hughes le llevó cinco años de darme estudio.

Durante este proceso experimenté todo tipo de pruebas; Este día puedo decir que todo lo puedo en Cristo MI FORTALEZA.

Doy gracias a mi Padre Dios que a pesar de toda circunstancia y ataque soy más que vencedora en Cristo Jesús.

Este libro estando terminado y entregado para el proceso final de edición de una manera incomprensible se borró de los programas que lo tenía grabado.

Cuando yo esperaba la noticia de que el trabajo estaba acabado, recibí la prueba de actuar en fe y tuve que extender mi último cheque de fe incluyendo los centavos de fe que tenía, no se si te comenté que así como tu fe crece, también se gasta, mi fe se agotó completamente y al estar en el valle de la decisión solo podía proseguir con la obra y sacar adelante el trabajo nuevamente o dejar que muriera y yo quedar en severa depresión.

Ahora me da risa, pero no sabes cuantas lágrimas y trabajo me costó el escribir de nuevo todo el libro.

Me da risa porque siempre dije que yo era una brinca trancas; y nunca en mi juventud a pesar de estar expuesta a peligros, me sentí como ahora.

Puedo entender a Pablo cuando dice que el hombre exterior se va desgastando mas el hombre interior se va renovando, es como un poco desconcertante que ahora en la mitad de mi vida tenga que enfrentar retos que me exigen dar lo verdadero de mi ser, sin detenerme a pensar o sentir, sino solo actuar, demostrar mi casta.

Es en este tiempo que mis fuerzas físicas se agotan mas fácilmente; que mi espíritu se debe sostener en lo alto y no caer.

Esto me hace recordar la promesa que los que esperamos en Jehová renovaremos nuestras fuerzas como las águilas.

Y es el mismo método que emplean las águilas el que me mostró una salida victoriosa en este caminar.

Gracias Padre porque solo al abrigo de tu Altísima Presencia pude resistir la tormenta ..como las águilas.

He encontrado el secreto de la vida y me relajo sabiendo que la actividad y la abundancia divina está operando dentro de mi .solo tengo que estar consciente de el fluir de esa fuerza motivadora en mi.

Vida no es otra cosa sino un constante renovar en el espíritu de nuestro entendimiento, aprendiendo las verdades que tu nos muestras y aceptando la misión para la cual fuimos creados como a tu imagen y semejanza.

Cuando un águila quiere levantar el vuelo tiene que saber que sus alas están lo suficiente fuertes para mantenerse en las alturas…

Es pues la fe, la certeza de lo que se espera la convicción de lo que no se ve; y por su fe todo aquel que espera recibir algo de Dios tiene que mantenerse en las alturas al abrigo del Altísimo; bajo sus alas.

Alicia G Corrales.

Printed in the United States
By Bookmasters